이게 나라냐

이게 나라냐

독립지사 101위, 지하에서 울리는 소리

초판 인쇄 2019년 10월 10일
초판 발행 2019년 10월 15일

지은이 이오장
펴낸이 김상철
발행처 스타북스
등록번호 제300-2006-00104호
주소 서울특별시 종로구 종로1가 르메이에르 1117호
전화 02) 735-1312
팩스 02) 735-5501
이메일 starbooks22@naver.com
ISBN 979-11-5795-480-3 03810

• 이 도서의 국립중앙도서관 출판예정도서목록(CIP)은 서지정보유통지원시스템 홈페이지(http://seoji.nl.go.kr)와 국가자료공동목록시스템(http://www.nl.go.kr/kolisnet)에서 이용할 수 있습니다. (CIP제어번호 : CIP2019040378)

이오장 시집

스타북스

인류가 멸망하지 않는 한
역사의 수레바퀴는 멈추지 않지만
그 바퀴를 굴려서 가는 부류는 늘 정해져 있다.
군림하지 않아도
언제나 앞장서서 인간사회를 바르게 이끌어간다.
문제는 양쪽 수레의 바퀴가
각기 다른 방향을 향하고 있다는 것이다.
그래서 항상 반대쪽을 봐야 한다.
우리는 36년간의 역사를 잃어버렸던 민족이다.
타민족에게 빼앗긴 나라를 찾기 위해 피 흘려 싸웠다.
그러나 하나로 합치지도 못하고
두 개의 바퀴가 반듯이 굴러가게 하지도 못했다.
우리의 역사는 분열의 오류를 남긴 것이다.
지금도 마찬가지다.
나라가 두 동강 난 것도 모자라
서로 다른 방향만 바라보며 달리고 있으니
국가의 안위와 국민의 삶을 망가뜨리고 있다.
민족의 자긍심과 나라를 찾기 위하여 헌신한
애국지사들의 혼을 되살려 보는 것은

분열이 무엇을 의미하는지를 깨우치기 위함이다
자신들의 몸과 정신을 하나로 묶어 일제에 대항하고
기필코 나라를 되찾아 낸 그분들의 희생은
우리 역사에서 가장 우위에 속한다.
하지만 이대로 분열되어
개인의 욕심과 당파의 이익만을 챙긴다면
우리는 다시 나라를 잃고 말 것이다.
역사는 되돌릴 수 없다.
다만 지난 역사에서 우리가 배우고 익혀야 한다.
그분들이 이 땅에 되살아오신다면
지금의 대한민국 정치를 무엇이라고 했을까
참으로 통탄할 일이다.
그분들이 남긴 발자취를 살펴보면
지금 우리와 무엇이 다른지 선명하게 떠오르지 않는가.
역사의 수레바퀴는 돌고 돌지만
그 바퀴, 언제나 같은 방향으로 돌아야 한다.

차례

목숨 바쳐 찾은 강산에 침 뱉게 하지 마라

안창호

너희가 정치를 아는가
나라를 잘살게 하고 국민을 평안하게 하는
모두가 다 아는 정치를 왜 너희만 모르는가
정치에 뛰어들었다면 오직 국가와 국민을 위하여
목숨 바칠 각오를 해도 모자라는데
가장 낮은 의자를 최고 높은 의자로 고쳐놓고
호의호식을 위한 수단으로 삼는가
삼복더위에 지친 국민을 우롱하는 것도 모자라
나라를 좀먹는 말싸움에 주먹다짐까지
하늘이 노하고 땅이 요동치는 것을 모르는 너희는
민족의 배반자, 이완용보다 악질 아닌가
목숨 바쳐 찾은 우리 강산에 침 뱉게 하지 마라
조금이라도 나라 사랑하는 양심이 남았다면
매일 우리의 이름을 외우며
감투 벗어버리고 당당하게 의사당에 서라

안창호 [1878~1938]

독립운동가로 독립협회(獨立協會), 신민회(新民會), 흥사단(興士團) 등에서 활동하였고, 상하이로 건너가 독립운동에 진력하였으나 윤봉길 의사 폭탄사건으로 일본경찰에 체포되어 본국으로 송환되었다. 1962년 건국훈장 대한민국장이 추서되었다.

태평양은 못 넘어도 왜놈은 짓밟아라

김구

동강 난 조국을 양손으로 붙잡은 내 가슴에
총탄 박아놓고 태극기 흔들었으면
태평양은 못 넘더라도
왜놈은 짓밟았어야 했다
나라 곳곳에 나의 흉상 세워 놓고
하늘 향해 쳐든 손 왜 구부리는가
그대들이 찾았다는 자유의 깃발
희미하게 발치에 누워 있는 걸 못 보는가
빼앗겼다가 얻은 나라의 기틀은
나라를 위한 진실한 정신으로 세워진다

김구 [1876~1949]

대한민국을 대표하는 독립운동가. 상하이로 망명, 대한민국임시정부 조직에 참여하고 1944년 대한민국임시정부 주석에 선임되었다. 신민회, 한인애국단 등에서 활발하게 활동하였다. 1962년 건국훈장 대한민국장이 추서되었다.

명예와 재산 말고 나라 위해 고민하라

이회영

한강 강변을 다 차지했던 한명회가
부귀영화 영원히 누렸던가
땅 위를 다 가져도 하늘 아래 티끌
명예와 재산 쌓으려 하지 말고
나라를 위해 무엇을 할 것인지 고민하고
망설임 없이 실행하라

이회영 [1867~1932]

명문가의 자손으로 노블레스 오블리주의 본보기로 기억되는 독립운동가로 만주에서 한중 연합 항일 투쟁을 지도하기 위하여 상하이에서 다롄으로 가던 중 비밀이 누설되어 일본 경찰에 붙잡혀 심한 고문을 당하다 65세의 나이에 순국했다.

누구를 위로했다고 위안부라 하는가

김복동

누구를 위로했다고 위안부라 하는가
부모 가슴에 겨눈 총부리 앞에서
누군들 반항하겠는가
서로의 눈물에서 읽은 설움
살찢는 고통으로 잊혔어도
내 고향 하늘에 고개 돌린 적 없다
잊지 마라, 잊지 마라
허세 부려 방심한다면
또다시 왜놈들에게 무릎 꿇린
소녀의 모습을 지켜보게 된다는 것을

김복동 [1926~2019]

대한민국의 인권운동가이자 일본군 위안부 피해자로서 세계를 돌며 여성의 인권을 신장시키기 위해 활동하였다. 67주년 세계 인권 선언의 날을 맞아 대한민국 국가인권위원회로부터 2015 대한민국 인권상 국민훈장을 받았다.

개인 영달은 나라를 좀먹는 악질이다

최재형

노비로 살기는 싫었지만

나라 없는 삶은 버러지보다 못했다

이등방문 가슴을 겨눈 총탄이 빗나가지 않은 건

나의 밭에 표적을 세웠기 때문이지만

사형장에 묶여 가슴에 박히는 총탄을 보며 알았다

내 죽음이 광복의 시발점이라는 것을

동포들이여 정신 차려라

개인 영달을 위한 투쟁은

나라를 좀먹게 하는 악질이라는 것을

최재형 [1860~1920]

독립운동가로 9세 때 시베리아 노우키예프스크로 이주하였다. 의병을 모집하고 폐간되었던 《대동공보》를 재발행하고 한인학교를 설립하였다. 1919년 독립단을 조직하고 재러한인의병을 총규합하여 시가전을 벌이다 순국하였다.

내가 쏜 것은 독립 시작의 울림이다

안중근

표적의 과녁은 작아도
구국의 가늠자는 크다
내가 쏜 것은 독립의 문
창세의 울림으로 열었다
나를 따르는 사람이 있다면
조국의 문이 닫히는 것을 두려워하고
자신을 던져 나라를 구하는 것을
우선으로 삼아라

안중근 [1879~1910]

대한민국 최고의 독립운동가로 삼흥학교(三興學校)를 세우는 등 인재양성에 힘썼으며, 만주 하얼빈에서 침략의 원흉 이토 히로부미[伊藤博文]를 사살하고 당당하게 순국하였다. 사후 건국훈장 대한민국장이 추서되었다.

길거리에 나와 함부로 태극기 흔들지 마라

유관순

눕지도 못하는 독방 벽에

손톱 없는 손가락으로 쓴 글씨

그대로 남아 있고

독립을 위한 만세 소리에 묻힌

내 이름 석 자

독립문 발등에 걸쳤다

거적때기에 싸매 묻힌

여기가 어디냐

이방인들 소리가 어지럽다

내 이름 부르는 사람들이여

독립을 외쳤던 나를 잊지 않았다면

길거리에 나와

함부로 태극기 흔들지 마라

유관순 [1902~1920]

16세에 선봉에 선 여성 독립운동가로 1919년에 3·1운동이 일어나자 이화학당의 학생들과 함께 참여했고, 아우내 장터에서 만세 시위를 주도했다. 일본 경찰에게 붙잡혀 모진 고문을 받으면서도 당당하게 감옥살이를 하다가 순국했다.

왜놈을 이기려면 신기술을 개발하라

정인호

자주독립을 원하는가

왜놈을 이기는 길은

그놈들 머릿속에 들어갈 교육과

새로운 기술을 만들어 가르치는 것

큰 집에 안주하여 좋은 차 가지려만 말고

바다를 한걸음에 건널

신기술을 개발하여 이겨라

정인호 [1869~1945]

독립운동가로 경기도 양주(楊州)에서 태어나 1908년 《초등대한역사》, 《최신초등소학》 등 교과서를 집필한 교육자로 3·1운동이 일어나자 국내 인사를 찾아다니며 독립운동 자금을 모금하여 수차례에 걸쳐 임시정부로 송금하였다.

자신을 던져 거침없이 나라를 구하라

조소앙

경제는 균등하게

교육은 치밀하게

정치는 공평하게

이 세 가지를 못한다면 나서지 마라

나라의 기틀과 국민의 삶이

방향을 잃는다면

국란은 침입이 없어도 닥치는 것

이미 나섰다면

그것을 명심하고

자신을 던져 나라를 구하라

조소앙 [1887~1958]

독립운동과 조국건설의 지침으로 삼기 위하여 삼균주의를 체계화한 민족주의적 정치사상가로 임시정부의 한국독립당과 독립군의 강령이 되었다. 이 사상은 광복 후에도 민족진영 지도이념의 역할을 하였으나 남북분단으로 좌절되었다.

죽을 각오로 싸운다면 반드시 승리 한다

최정민

도쿄대첩을 상기하라
경무대에 죽음의 맹세를 고하고
현해탄 건너가며 몸 던질 곳 보아두었었다
죽음 두렵지 않을 사람 있겠냐만
적의 심장부에 들어가 싸운다는 건
생사를 초월한 민족 의지
왜놈의 몸뚱이는 솜방망이더라
공이 둥글다 해도
죽을 각오로 싸운다면 반드시 승리한다

최정민 [1930~1983]

평안남도 출신으로 어려서부터 축구에 재질을 보였으며, 평양 종로 국민학교와 평양 체신전문학교를 다니면서 배구·축구 선수로 이름을 날렸다. 1·4후퇴로 남하하여 육군특무부대인 CIC팀에 입적하였으며, 국가대표선수로 활약하였다.

자긍심을 가진 피가 끓어야 대한민국이다

박자혜

누구의 피라도 붉은 꽃 핀다
아니다
왜놈의 피는 녹두 색이다
물에 떨어진 핏방울이 번지는 건
자애와 사랑이 있기 때문인데
전쟁터가 아닌 민가에서 하는 짓을 보니
그놈들 피는 번지지 않더라
녹두에는 팥이 특효
자긍심을 가지고 노력하라
피가 끓어야 대한민국이다

박자혜 [1895~1943]

궁녀 출신으로 신교육을 받고 조선총독부의원 간호부로 일하였다. 3·1운동 당시 일본기관에서 일하고 있는 자신이 부끄러워 간우회를 조직하고 동료 간호사들과 만세운동을 벌였다. 신채호 선생과 결혼 후 독립운동가의 삶을 살았다.

내가 던진 건 폭탄이 아니고 자주 선언이다

윤봉길

손가락 깨물어 선언문 백 장 썼다 해도
행하지 않으면 어디에다 쓸 것인가
애국애족은 말로 하는 게 아니다
이 땅에 태어나 은혜를 갚는 일은
우리나라를 바로 세우는 것
조금 이뤘다고 자만하지 마라
내가 적장에게 던진 건 폭탄이 아니고
민족의 자주 선언이다
뜻을 모아 이행하지 못하고
무리 지어 작은 이익만 좇는다면
국가와 민족의 배신자다

윤봉길 [1908~1932]

19세의 나이에 이미 농촌계몽운동에 뛰어든 윤봉길 의사는 백범을 만나 의열투쟁에 뜻을 모으고 1932년 일왕의 생일날, 행사장에 폭탄을 던져 일본 상하이파견군 대장 등을 즉사시키는 거사를 치르고 현장에서 체포되어 총살되었다.

이 땅에 찍힌 왜놈 발자국 모조리 지우겠다

김좌진

피 흘리며 죽어가는 동지들 앞에서
하늘을 향해 외쳤다
이 땅에 찍힌 왜놈 발자국 전부 지우겠다고
놈들의 심장에 총탄 박을 때마다
외운 동지들의 이름
만주벌판에 메아리쳐 현해탄을 건넜다
나의 소원은 오직 하나
죽어 먼지가 된다 해도 조국의 독립
그런 내가 같은 피 흐르는 동포의 총탄에 멈췄다
공산주의를 믿지 마라
꽃으로 포장했어도 독이고
비단옷 입었어도 흉기다
한 번 잡은 손은 놓을 수 없는 것
조국을 동강 낸 무리와 어찌 함께 가려 하는가

김좌진 [1889~1930]

청산리 전투를 승리로 이끈 독립 운동가 백야 김좌진은 1889년 충남 홍성 출신으로 신민회에 가입하여 애국 계몽 운동을 전개하다가, 일제의 침략이 본격화되자 만주로 건너간 그는 북로 군정서군의 총사령관으로 독립군을 이끌었다.

무슨 이유로 왜놈들 앞에 움츠리고 있는가

임수명

섬나라 왜놈들에게 고문당해
손발톱 뽑히고
산골짝 전투에서 팔다리 잃은 동지들을
치맛자락 찢어 묶어주며
나는 보았다
조국의 피가 붉다는 것을
동포여 붉은 피 지금은 멈췄는가
무슨 이유로 왜놈들 앞에 움츠리고 있는가
한쪽 다리와 한쪽 팔 남았다면
붉은 피 믿고 일어나라
온 몸으로 싸워라

임수명 [1894~1924]

간호원으로 근무할 때 일본경찰에 쫓겨 환자로 가장하여 입원하고 있던 신팔균(申八均)과 1914년 결혼하고, 그 뒤 함께 만주에서 비밀문서의 전달, 군자금의 모금, 독립군후원, 항일전쟁 등 독립운동을 함께 수행하였다.

골짜기면 어떻고 들판이라고 피하랴

양세봉

나라 잃은 병사는 어디든 전장
골짜기면 어떻고 들판이라고 피하랴
적병이 있다면 그곳이 전장
피는 밖에서도 흐른다는 걸
일본 놈들 앞에서 알게 되었다
동지 한 명의 목숨 값은 왜놈의 목 백 개
그렇게 싸우고도 이루지 못한 내게
동강 난 조국은 양쪽으로 묘비를 세웠다
김일성을 잘못 가르쳐 두 쪽 나라 만든 나에게
무슨 공이 있다고 불러주는가
죽어서도 눈감지 못하고
남과 북을 떠도는 나를 보았다면
오직 나라를 위하여 헌신하라

양세봉 [1896~1934]

독립운동가로 천마산대에 입대하여 항일무력투쟁을 전개하였고 육군주만참의부(陸軍駐滿參議府) 중대장을 역임하다가 조선혁명군 총사령이 되었다. 한중연합군을 조직하여 일본군과 싸우다가 순국하였다.

깨어나라, 현재는 언제나 힘들고 험난하다

이시영

깨어나라, 깨어나라
꿈만 꾼다면 허무의 신봉자
게으름 피운다면 무능력자
현재는 언제나 힘들고 험난하다
나라를 뺏긴 것은 무능력이지만
되찾지 못하는 것은 천고의 죄인
다시 찾아야 하지 않겠는가
배우고 익히는 것이야말로
애국의 첫걸음 독립의 시작이다

이시영 [1869~1953]

독립운동가이자 정치가. 만주 신흥강습소를 설립, 독립군양성에 힘썼다. 임시정부, 한국독립당에 참여했다. 1948년 초대 부통령에 당선되었으나 이승만 통치에 반대했다. 제2대 대통령선거에 민주국민당 후보로 입후보, 낙선했다.

어떤 고난에도 흔들리지 않는 나라

이동녕

삼천리 강산에

무궁화 심어 만세 부른다고

흔들리지 않는 나라가 되겠는가

조국을 사랑하고

민족의 아픔을 보듬어

우리가 먼저 단결해야

자주독립의 기틀이 만들어지는 것

파벌과 당파를 만들어 비난한다면

나라는 바람 없이 흔들린다

명심하라

배우고 익혀 단합하는 민족이

지진을 이겨낸다는 것을

이동녕 [1869~1939]

3·1운동이 일어나자 상해로 건너가 임시의정원의 초대 의장을 맡아 임시정부 수립의 산파역을 맡았다. 그리고 통합 임시정부의 내무총장, 국무총리와 대통령 대리, 국무령, 주석 등을 역임하면서 20년 동안 임시정부를 이끌었다.

나라를 팔아 돈을 얻는다고 네 가슴에 쌓이는가

송병조

나라는 안을수록 커지고
돈은 안을수록 작아진다
나라를 팔아 돈을 얻는다고
네 가슴에 쌓이는가
하늘의 가르침을 잊고
나라와 민족을 배반한다면
먼 훗날 어찌 얼굴을 들겠는가
창고 만들어 물건 쌓으려 하지 말고
하늘 바라보며 나라를 사랑하라

송병조 [1877~1942]

독립운동가로 1926년 8월 대한민국 임시정부 의정원 의장을 지냈다. 그후 한국국민당 간부로 임시정부의 외곽단체인 한국광복진선을 결성하고, 1940년 임시정부를 따라 충칭에 들어가 임시정부 국무위원 및 회계검사원장을 지냈다.

우리는 고생한 만큼 가질 권한이 있다

여운형

나는 공산당을 모른다

해방된 조국에서

평등과 원칙이 바로 세워져

모두가 잘살기를 바랄 뿐

피땀 흘려 이룬 광복이

어느 한 사람의 공적이던가

우리는 고생한 만큼 가질 권한이 있다

이념과 실천이 다르고

탄압과 폭정으로 얼룩진 무리라는 걸

눈 감은 뒤에 알았지만

조국의 품에 안겨 모두가 평등하게 사는 것

그게 내가 바라는 소원이었다

여운형 [1886~1947]

독립운동가, 정치가로 초당의숙(草堂義塾)을 세우고, 신한청년당을 발기하였다. 고려공산당에 가입하여 한국의 사정을 세계에 알리는 역할을 하였다. 2005년 건국훈장 대통령장에 이어 2008년 건국훈장 대한민국장이 추서되었다.

왜놈의 가치는 솜 한 근도 되지 않더라

이봉창

살 속까지 왜놈이 되어야 했다
왜 영감이라는 별명을 얻어
폭탄을 숨길 수 있었지 않은가
적을 알아야 승리하는 것
왜놈의 가치는 솜 한 근도 되지 않더라
동포여 섬나라 족속을 믿지 마라
그들의 말과 글이 가짜이듯
만들어 내는 물품도 가짜
현혹되지 마라
오늘 좋은 것 같아도
내일이면 총탄으로 변하는데
무엇을 믿고 그놈들과 손잡으려 하는가
내가 던진 폭탄이 일왕을 죽이지 못했지만
그 소리는 세계만방에 퍼지지 않았는가
나를 봤다면 내 말을 믿어라

이봉창 [1901~1932]

독립운동가로 금정청년회(錦町靑年會), 한인애국단(韓人愛國團) 등에서 활약하면서 히로히토에게 수류탄을 던졌으나 실패하고 체포된 후 사형당했다. 1962년 건국훈장 대통령장이 추서되었다.

나라를 빼앗겨도 되찾을 힘은 교육에서 나온다

차리석

세상은 돌고 돌아 쉬지 않고 바뀐다
배운다는 것은 세상의 이치를 알고
변화의 때를 본다는 것
나라를 빼앗겨 갈 곳이 없다 해도
되찾을 힘은 교육에서 나온다
대동단결하자
하나로 뜻을 모으지 못한다면
유린당한 국토는 잿더미밖에 남지 않는다
교육에 힘쓰고 널리 알려라
피 값을 받지 못한 내 이름 석 자 팔아도 좋다만
국가에 이익이 되지 않는다면
입 다물고 근신하라

차리석 [1881~1945]

도산 안창호가 세운 대성학교 교사로 일하다가 중국으로 건너가 독립신문 기자로 일했다. 한국독립당 이사, 임시 의정원 부의장, 임시 정부 비서장으로 일하며 의정·행정 등 다방면에 걸쳐 활동한 보기 드문 능력의 소유자였다.

나라 지키는 일은 남녀노소 직분 여하가 없다

전해산

내가 죽는 것은 전혀 억울하지 않으나
부모를 모시다가 순절한 아내는
산천을 울리고 말았구나
골짜기에서 만난 왜적의 가슴에 박은 총알이
바위를 무너뜨려 강을 만들었어도
대한민족의 원한만 하랴
동포여 궐기하라
나라 지키는 일은 남녀노소 직분 여하가 없다
서생이라고 책을 사르고
농부라고 괭이자루 끊겠는가
높은 관직을 얻었으면 그만큼의 책임이 있는 것
표를 구하여 얻은 자리는 국민을 보듬는 일
두견새 되어 산천을 떠도는 원혼이
날마다 피울음 우는 소리 듣지 못하는가

전해산 [1879~1910]

전북 임실의 가난한 유생(儒生) 집안에서 태어났다. 의병장이 되어 대동창의단과 호남동의단을 결성하여 일본군에 맞서 투쟁하다 여의치 않자 훗날을 기약하며 남원의 고래산(古萊山)에 은신하며 서당을 열어 아이들을 가르쳤다.

이 땅에 정의가 있다면 일어나지 않을 왜침

심남일

나라가 위급에 처했을 때 나는 보았다
높은 관직에 책임을 다할 인사들은 도망치고
초목에 파묻혀 땅 일구던 민초들은
쇠붙이 없는 막대기 들고 왜침에 맞선다는 것을
이 땅에 정의가 있다면 일어나지 않을 일
예나 지금이나 똑같구나
일본놈들의 작은 소동에 우왕좌왕하고
금방 망할 것 같다고 좌불안석인가
삭풍에 삼베옷 입고 맞선 왜적들 앞에서
조금도 기죽지 않은 장졸이 봤다면
기막혀 주저앉았을 것인데
동포여 나라 지키는 일은
그때나 지금이나 똑같다 생각 마라
죽창 대신 총과 대포가 있고
왜놈들 뛰어넘을 기술이 있지 않은가

심남일 [1871-1910]

대한민국이 일본과 을사조약이 체결되자 의병을 모집하여 의병장이 되었다. 호남지방을 중심으로 끈질기게 외적과 항쟁을 계속했으나, 장성군 동치 싸움에서 패한 뒤 체포되어 교수형을 당했다.

가을 등불 아래 책을 덮고 역사를 떠올린다

황현

앞서간 의병장 고광순의 순국이 가르친 건

나라가 위급할 때는 붓을 꺾었다

붓 대신 창을 들지 못한 삶을

두고두고 손가락질해도 좋다

비분강개한다고 될 일은 아니지만

민족의 기개는 세워야 하지 않겠는가

대한의 민족이여

무궁화 이 세상은 벌써 가라앉았네

가을 등불 아래 책을 덮고 역사를 떠올리니

글을 아는 사람은 세상 살기가 어렵구나

후대를 이을 동포에게 고하니

나라는 힘으로 구하는 게 아니라

지고한 애국의 정신으로 지키는 것

어떠한 고난에도 물러서지 마라

황현 [1855~1910]

'절명시'와 '매천야록'을 남긴 구한말의 독립지사로 격동기를 거쳐 망국으로 귀결된 구한말의 모든 과정을 살고 지켜보았다. 근대화를 알리는 개항으로 시작되어 임오군란, 갑신정변, 갑오경장을 거쳐 나라의 멸망과 함께 생을 마감했다.

나는 나의 영혼을 받들어 줄 민족을 믿는다

이재명

"너희 법이 불공평하여 나의 생명을 빼앗지만
나의 충혼은 빼앗지 못할 것이다
나를 교수형에 처한다만
나는 죽어 수십만 명의 이재명으로 환생하여
너희 일본을 망하게 할 것이다"
나는 후손을 두지 못했지만
나의 영혼을 받들어줄 민족을 믿는다
나의 뜻을 조금이라도 따른다면
내가 사랑한 대한 조국은 영원히 번창할 것이며
내가 딛고 산 땅에 왜놈은 발붙이지 못할 것이다
나의 말이 조금치의 헛됨이 없다면
나의 정신을 살려 일본놈을 이기는 일에 힘쓰고
내가 다시 살아나 호통치는 일이 없게 하라

이재명 [1887~1910]

독립운동가로 조국의 일제 강점을 통탄하는 데 그치지 않고, 매국노 이완용을 처단하기 위해 앞장서며 직접 칼을 뽑아들었다. 이재명 선생은 자신의 신념을 주저하지 않고 행동으로 옮긴 실천가였다.

역적 후손이 꽃가마 타는 세상, 어찌 공평하겠는가

오성술

왜놈은 천벌을 받을 것이지만
그놈들에게 동조하여 민족을 배반한 족속은
만 벌도 모자라 억겁의 지옥에 갈 것이다
내가 처단한 배반자들이 빼앗아 남겨놓은 재산이
이 강산, 이 강토를 차지한 게 얼마 드냐
목숨 바친 의사의 후손은 굶주림에 시달리고
역적의 후손은 꽃가마 타는 세상이
어찌 공평하겠는가
나의 혼백이 있다면 반드시 그들을 심판하여
다시는 이 땅에 왜적의 발길 머물지 못하게 하리라

오성술 [1884~1910]

을사조약 체결 이후 항일의병에 투신했다. 김태원 의진에서 일본 헌병 사살과 군자금 모집, 친일밀정 처단과 무기탈취 등의 활동을 벌였다. 1909년 물품 탈취 중 일본경찰에 체포되어 순국하였다.

이국을 떠도는 동포의 한은 태평양을 건넜다

전덕기

돼지고기 한 근 값도 못 한 민족의 설움을
누구에게 호소하여 닦을 것인가
이국을 떠도는 동포의 한은 태평양을 건넜다
지금도 세계만방에 떠도는 민족이
조국을 그리워하며 설움 달래는데
한 사람도 나서서 달래주지 않으니
다시 그 시절로 돌아가고 있는가
헤이그에 파견한 이준 등이
이것을 묻는다면 뭐라고 대답해야 하는가
하늘이 알고 땅이 통곡하리
오직 나라 위한 화합으로 조직한 신민회를 본받아
애국청년 양성하여 국가를 보전하라

전덕기 [1875~1914]

독립 운동가. 서울 상동교회 목사로 상동 청년회를 조직하여 민족 운동을 지도하고, 국민교육회를 창설하여 국권회복을 위해 노력했다. 안창호, 양기탁 등과 신민회를 조직하고 중앙위원이 되어 저항 운동을 전국적으로 전개했다.

간신 잡아내고 무궁화 활짝 피워 만세 불러보세

이석용

국민이여 일어나서 위선자를 쫓아내고

간신 잡아내고 무궁화 활짝 피워

만세 불러보세

법관이라 자칭하며 목덜미에 힘준 인사

검사라 으스대며 호통하는 말잡이 꾼

온갖 수단으로 억만금 쌓아놓고

고대광실 꽃가마에 춤추고 사는 인물들이

희희낙락 선동으로 의사당에 모였으니

나라를 생각할까, 국민을 보듬을까

애국지사들이 통곡한다

흙더미 깔린 민초들이 웃는다

이석용 [1878-1914]

고종이 양위하고 군대가 해산되자 호남창의맹소를 편성하고 진안에서 의병을 일으켜 장수(長水) 방면으로 나아가 적의 배후를 기습하여 대승하였다. 다시 적과 싸울 준비를 갖추던 중 체포되어 처형되었다.

우리글이 없다면 지렁이보다 못하다

주시경

우리글이 없다면 지렁이보다 못하다
주보따리라 놀림 받으면서
밥 한 끼 먹을 시간도 갖지 못한 내게
거지라고 손가락질 하는 몰지각한 자도
우리글 배우고 사람이 되더라
우리글 우리말이 세상에 최고라며 떠들어대더니
알아듣지도 못할 말이 난무하더라
"말은 사람과 사람의 뜻이 통하는 것이라
한 말을 쓰는 사람끼리는 그 뜻이 통하여
서로 도와줌으로 그 사람들이 절로 한 덩이가 되고
그 덩이가 점점 늘어 큰 덩이를 이루나니
사람의 제일 큰 덩이는 나라라
그러함으로 말은 나라를 이루는 일인데
말 모르면 나라도 모르고
말이 아니면 나라도 아니리라"

주시경 [1876~1914]

개화기의 국어학자로, 우리말과 한글의 전문적 이론 연구와 후진 양성으로 한글의 대중화와 근대화에 개척자 역할을 하였다. 그의 개척자적 노력으로 오늘날의 국어학이 넓게 발전할 수 있는 터전이 마련되었다.

한 사람도 정신 차리지 못하니 어쩌란 말이야

연기우

"아 슬프도다
삼천리강토를 보전하지 못하니
너나없이 어찌 애통치 않으리오
나라와 민족을 위하여 이 몸 차라리 싸워
충혼이 되리라"
충혼이 되어 나라를 지켜보니
나라를 빼앗긴 그때보다 더 슬프다
죽음으로 지킨 내 나라를
일부 모리배들이 차지하여 싸우는 꼴이
왜놈들이 설칠 때보다 더한 이유가 무엇이냐
나라는 없고 개인 영달이 우선하는 국가는
침입자들의 먹이가 될 것이 뻔한데
한 사람도 정신 차리지 못하니 어쩌란 말이야
혼백이 다시 살아날 수 있다면
그때 다하지 못한 나라 지킴이가 되련다

연기우 [미상~1914]

강화도에서 시작된 항일투쟁은 임진강을 넘나들며 경기, 강원, 황해 3도의 접경지대를 중심으로 확산되었다. 부상을 당해 체포되어 생명을 잃을 뻔한 위기를 넘기면서도 오로지 국권회복에 몸과 마음을 바친 불굴의 의병장이었다.

그대는 청량리 왕산로를 아는가

허위

청량리 왕산로를 아는가
국회의원이나 장차관이 되어
나라 살림 떡 주무르듯 했다고
그 공이 살아나 후세에 이름 남길 줄 아는가
대통령이 되었다 해도
국가와 민족에게 해로움을 끼쳤다면
만고의 흉물로 각인되어 욕먹는 건 다반사
하나는 애국, 또 하나는 애족
나라를 위하여 온 힘을 쏟아 부어도 모자라는데
상대를 헐뜯는 일에만 몰두한다면
나라는 어떻게 되고 국민은 어디로 가는가
"아버지 장례도 치르지 못하고
나라의 권리도 찾지 못했으니
충성도 못하고 효도도 못한 몸
죽은들 어떻게 눈을 감으랴"

허위 [1854~1908]

을사조약이 체결되자 고종의 거의(擧義)명령을 받고 의병을 모집, 수차례 일본군을 격파했다. 의병대장들의 모임을 열고 이인영을 원수부 13도 의병 총대장으로 추대하고 군사장으로 일거에 서울에 진입, 일본군과 격전을 벌였다.

나라 잃고 흘린 눈물 마르지도 않는구나

김도현

나의 죽음이 헛되지 않았다면
진정 조국을 위한 인물이
단 한 명이라도 나와야 하지 않겠는가
"조선 오백년 마지막에 세상에 나왔더니
붉은 피 끓어올라 가슴에 차는구나
그 사이 십 구년을 헤매다보니
수염과 머리 희어져 서릿발 되었네
나라 잃고 흘린 눈물 마르지도 않았는데
어버이마저 가시니 슬픔이 더욱 크다
홀로 고향산에 우뚝 섰으나
어찌할 도리가 없도다
저 멀리 바닷길 보고파 했더니
칠일 만에 햇살이 돋아서네
천길 하얀 저 물 속은
이내 한 몸 감추기 알맞겠누나"

김도현 [1852~1914]

영양·안동 지방의 의병을 모으는 등 의병 봉기를 촉구하였다. 영양에 영흥학교를 세워 육영사업에 힘쓰다가 부친이 사망하자 망국을 개탄하는 시를 남기고 투신자살하였다. 1962년 건국훈장 독립장이 추서되었다.

나라 밖에서 내 강토를 구하고 싶었다

유인석

늙었다고 이 땅에 국민 아니던가
나라를 이끄는데 남녀노소가 있을쏘냐
어지럼증 심해도 배를 탔던 건
나라 밖에서 내 강토를 구하고 싶었다
가족이 몰살되었다는 소식에
비분만 더했을 뿐
나라 잃은 설움보다 더 클 것인가
68년을 지낸 삶에
나라를 구하지 못한 것이 가장 큰 슬픔이요
후대가 나를 잊은 것은 아무것도 아니다

유인석 [1842~1915]

1876년 병자수호조약을 체결할 때 반대하는 상소를 올렸으며, 1894년 갑오개혁 후 김홍집의 친일내각이 성립되자 의병을 일으켰으나, 관군에게 패전하고 만주로 망명하여 독립운동을 계속하다가 연해주에서 병사하였다.

산천을 헤매며 싸웠으나 아무것도 이루지 못했다

채응언

나의 목숨 값이 280원
그것도 가족의 밀고로 잡혔다니
모두 내가 모자란 탓이다
"무도한 왜적을 한 명도 남김없이 소탕해 버릴 것이오
그놈들에 붙어 민족을 팔아먹는 일진회를 용서할 수 없다"
부끄럽고 부끄럽다
군대에 들어가 받은 훈련 제대로 써보지 못하고
단번에 빼앗긴 나라를 위하여
산천을 헤매며 싸웠으나 아무것도 이루지 못했다
동포여 일치단결하여
다시는 이 땅에 왜놈 발길 못 들이게 하라

채응언 [1883~1915]

이진룡 의병대, 김진묵 의병대에서 활동하였고, 그 후 의병대장이 되어 황해도 대동리 헌병분견소와 일본수비대를 공격하는 등 격렬한 항일투쟁을 전개하여 많은 전과를 거두었다. 1962년 건국훈장 독립장이 추서되었다.

공복이면 국가의 안위를 한시도 잊지 마라

임병찬

국가의 일꾼이 되었다면
국가의 안위를 한시도 잊지 마라
어느 자리에 있든지
백성으로서의 올바른 자세는
지위고하를 막론하고 나라 위한 일편단심
잠시라도 그 자세를 잃으면 매국이다
하다 하다가 전부를 잃는다면
그 목숨도 국가에 바쳐라

임병찬 [1851-1916]

을사조약이 체결되자 의병을 모집했다 순창에서 일본군과 싸우다 체포되어 쓰시마 섬에 유배되었다. 독립의군부 전라남도순무대장으로 항일구국투쟁을 전개하다 순국했다. 1962년 건국훈장 독립장이 추서되었다.

나라를 빼앗긴 죄 무엇으로 갚아야 하는가

나철

단군 성왕이 누구신가
민족을 태어나게 하시고 정신을 만들어 낸
우리의 시조이시다
나라를 물려받은 우리가
겨우 몇 대를 건넜다고 빼앗기고 말았는가
나는
"죄가 무겁고 덕이 엷어서
대종교를 위하여 죽는 것이다
한배검을 위하여 죽는 것이다
천하를 위하여 죽는 것이다"
조상을 지키지 못한 죄
나라를 빼앗긴 죄
민족을 이끌지 못한 죄
무엇으로 갚아야 하는가
죽어 이 땅을 지키는 수호신이 되어
하나라도 죗값을 치를 것이다

나철 [1863~1916]

과거에 장원급제하여 관료의 길을 걸어갔으나 경술국치 후에 민족 정기를 수호하기 위해 단군 신앙인 대종교를 창시하였다. 청산리전투를 주도한 서일 김좌진과 박은식 김규식 등 수많은 애국 열사들이 대종교의 토양 위에서 커나갔다.

당파에 휩싸여 하루살이 목숨에 연연하는가

이상설

내부가 분열되어 우왕좌왕한다면

그것은 왜놈들이 원하는 것

이게 무슨 짓인가

나라를 빼앗겼을 때를 아는 자들이

당파에 휩싸여 제 목소리 내지 못하고

하루살이 목숨에 연연하는가

아무리 어렵다는 호소문 올려도

돌아오는 대답은 콧방귀뿐

정신 차려라, 그때로 돌아간다면

다시 잊힌 나라가 되리니

이상설 [1870~1917]

대한협동회(大韓協同會) 회장 등을 지낸 독립운동가로 고종의 밀지(密旨)를 받아 이준(李儁), 이위종(李瑋鍾)과 함께 헤이그 만국평화회의에 특사로 참석하려 하였으나 일본에 의해 거부당했다. 1962년 건국훈장 대통령장이 추서되었다.

하늘 위에 오로지 조선 태양뿐이더라

유병헌

총독부 간부가 전해주더라

“봄바람 봄비가 꽃을 피게 하나

봄비 봄바람이 꽃을 지게도 하나니

어제의 친구 오늘의 원수 되네”

내가 대답했다

“여름 대 여름 솔이 세태를 따를 손가

겨울 솔 겨울 대의 절개 뉘 알리오

하늘 위에 오로지 조선 태양뿐이니

창해역사 철퇴소리 머지않아 있으리라”

애국은 이런 거다

“차라리 가마솥 끓는 물에 죽을지언정

왜놈의 신하는 되지 않겠노라

아아 나 죽은 후 수양산 곁에 묻어다오”

유병헌 [1842~1918]

을사조약이 체결되자 조약의 파기와 을사오적의 처형을 요구하는 상소문을 올렸다. 매국노들을 성토하는 글을 대로변에 게시하고 일본 총독과 내각에 만행을 규탄하고 세금 납부를 거부하다가 투옥되어 단식 끝에 순국하였다.

정치는 목숨과 맞바꾸는 구국 의지다

이진룡

한목숨 바치겠다는 신념이 없다면
나서지 마라
정치는 목숨과 맞바꾸는 구국 의지다
한 분야의 성공 이뤘다고
한 지방의 성원이 많다고
한 부류의 집단적 응원이 대단했다고
성공한 인사가 되지 않는다
오지의 면서기가 되었다 해도
나라와 국민을 위하여 헌신한 자가
성공하여 이름 빛낸다
일단 발 들여놓았다면
죽기를 각오하고 등불이 돼라

이진룡 [1879~1918]

의병장이자 독립운동가로 을사조약 후 박정빈 등과 의병을 규합, 지홍기 부대와 연합했다. 예성강 부근에서 승리, 해서명장이라 불렸다. 이후 만주로 망명, 조맹선 등과 항일운동 방책을 논의하다가 임곡의 밀고로 체포되었다.

한줌 재가 되어도 내 의지는 꺾지 못한다

곽석종

학문이 깊은들 어디에 쓰고
충절이 높은들 어느 때에 불러주랴
글을 익혀 선열의 정신을 이어받았다면
배운 대로 행하여 나라를 구해야지
물밀듯이 들어온 신종교는
유림의 설자리 치웠으나
그런들 어떠리
모두 애국의 길을 가는데
늙은 몸으로 분연히 일어났지만
옥중고문을 이기지 못한 나를
부실했다고 나무라지 마라
한줌 재가 되어도 내 의지는 꺾지 못한다

곽석종 [1846~1919]

유림을 대표하는 독립운동가로 고향 산청에서 궐기하여 파리장서 2674자를 지어 김복한 등 137명이 서명하여 상해임시정부 김창숙에게 보냈다. 그 후 상주에서 독립만세운동을 주도하다 체포되어 병보석 후 고문 후유증으로 순국했다.

동포여, 지혜를 모아 하나로 뭉쳐라

황병길

5천만 동포여 일어나라
지혜를 모아 하나로 뭉쳐라
위태로운 시절, 한라산 기슭 조랑말과
먼저 가신 조상의 혼령까지 뭉쳐
남녀노소 막론하고 어서어서 일어나
현해탄 너머 일장기를 찢어버리자
끓어오르는 피로 청산을
불타오르는 함성으로 강물 흔들어
섬나라 놈들을 쓸어버리고
이 땅을 부국강병의 나라로 만들자
정치판에 발 들여놓은 어떤 인사도
우리는 믿을 수 없나니
그들은 버리고 우리가 앞장서자

황병길 [1885~1920]

독립운동가로 한일병합조약 후 시베리아로 망명하여 이범윤이 조직한 산포대(山砲隊)에 편입되어 항일전에 참가하였다. 그후 한민회(韓民會)를 조직, 독립운동을 전개하다가 청산리 전투 후 일본군에게 체포되어 살해당했다.

우리는 스스로가 무능하고 게을렀다

강우규

우리는 스스로가 무능하고 게을렀다
나라를 빼앗긴 것도 모자라 정신마저 잠들었으니
누가 우리를 돕겠는가
풀 속에 든 벌레 같은 삶을 원한다면
왜놈에게 기대어 함께 살아도 좋으나
대한민족은 애초부터 왜놈을 가르친 민족
어찌 미개한 족속들의 말을 들으며
채찍질 당해야 하는가
일어나라! 일어나서 하나로 뭉쳐 싸워라
초토의 버려진 넋이 된다 해도
우리는 위대한 유산을 가진 자랑스러운 민족이다

강우규 [1855~1920]

일제강점기 때 활동한 독립운동가로 제3대 총독으로 부임하는 사이토 마코토[齊藤實] 마차에 폭탄을 던졌으나 뜻을 이루지 못하고 체포되어 사형당했다. 1962년 건국훈장 대한민국장이 추서되었다.

짧은 시간에 재산 모으는 협잡꾼을 내쳐라

서재필

매국노의 후예는 영원히 격리하라
공적을 자랑하는 인물을 경계하라
많은 재산을 물려받은 인물은 멀리하라
법복을 입었던 자들은 조심하라
수단이 좋은 인물은 피하라
짧은 시간에 재산 모으는 협잡꾼을 내쳐라
남의 말에 귀 막는 자는 상대하지 마라
국가의 의무 다하지 않은 매국노는
네 곁에 두지 마라
정치는 국가에 필요하지만
국민이 운영하는 것
내 형제자매라도 자격 미달이면
표를 주지 마라
이것이 대한민국을 살리는 길이다

서재필 [1864~1951]

독립운동가로 갑신정변을 일으켰으나 실패하자 일본을 거쳐 미국으로 망명하여 의사가 되었다. 《독립신문》을 발간하고 독립협회(獨立協會)를 결성하였다. 광복 후에는 미군정청 고문으로 일하다가 미국에서 영면하였다.

그 자리에 있었다면 누구든지 그러했으리라

장덕준

사실을 사실대로 국민에게 전하는 것이야말로
기자의 의무다
임금도 함부로 내치지 못한 언론의 역할이
조선의 기본이지 않았던가
왜적의 음모로 인하여 일어난 만주사변
수많은 동포와 중국민이 학살당하는 모습을
산골짝에 숨어 보고만 있어야 하겠는가
내 죽음이 최초의 순국이라 하지 마라
그 자리에 있었다면 누구든지 그러했으리라
기자라도 마땅히 사심을 버리고
국가와 민족을 위해
죽어서라도 그 정신의 혼백이 되어야 한다

장덕준 [1892~1920]

김성수, 이상협등과 《동아일보》를 창간하여 논설위원으로 있다 특파원으로 중국 베이징에 가서 미국 의원단의 활동을 취재하는 한편, 그들에게 한국의 실정을 알리는 데 힘썼다. 그 뒤 훈춘사건을 취재하다 일본인에게 살해당했다.

나이, 학업, 생계를 위해서라고 핑계 대지 말라

박재혁

나라 위하는 일에 외아들이라고 빠지고

처자식이 막는다고 망설인다면

나라는 누가 지키는가

한쪽 다리가 없고, 두 눈이 먼다 해도

마땅히 행해야 할 구국의 길

시력이 나쁘다고, 너무 가볍거나 뚱뚱하다고

나이가 많고, 학업에 임하고, 생계를 위해서라고

갖가지 핑계로 다 피한다면

이 나라는 다시 왜적의 발길에 짓밟히리라

박재혁 [1895~1921]

처음에는 중국에서 많은 독립운동가들과 교류하였다. 만주로 건너가 의열단(義烈團)에서 활동하면서 본격적으로 독립운동을 했다. 부산경찰서장 하시모토[橋本秀平]에게 폭탄을 던졌다. 1962년 건국훈장 독립장이 추서되었다.

남자로 태어나 부귀공명만 좇겠는가

박상진

돈 벌어 가족부양도 못하고
나라의 위급함도 일으키지 못했네
내 한 몸 불살라
되찾으려 한 일도 실패하고 말았으니
무슨 면목으로 조상을 볼까
한번 태어나면 그만인 이 세상
남자로 태어나 부귀공명만 좇겠는가
이룬 것 없이 저세상으로 가는 것보다
청산이 비웃고 녹수가 조롱하기 전에
나라를 위하여 무엇을 할 것인가
책상에 앉아서도 고민하고 고민하라

박상진 [1884-1921]

독립운동가로 대구 안일암에서 결성된 독립군 지원 단체이자 비밀결사인 조선국권회복단에 참여 및 활동하였다. 대한광복회 총사령관을 역임하면서 조국광복을 위한 항일투쟁과, 친일파 근절을 위해 노력하다가 체포되어 순국하였다.

평화는 평화가 지키는 게 아니라 힘이 지킨다

서일

최전선에서 적군을 맞이한 지휘관은

한 명의 병사라도 잃지 않겠다고

생명을 걸어라

일선의 전 지휘관은 들어라

병사를 내 몸같이 사랑하라

밤낮을 가리지 말고 자리를 지켜라

가족의 안부도 묻지 말고 휴가를 금지하라

음주가무를 잊고 모자의 계급장 닦지 말아라

걷는 것에 치중하고 살찌는 것을 경계하라

정치에 관심 두지 말 것이며

나라의 명령에 절대복종하라

평화는 평화가 지키는 게 아니라 힘이 지킨다

서일 [1881~1921]

독립운동가로 만주에서 3·1운동의 전주곡인 독립선언서를 발표하여 독립운동의 기세를 올렸고 정의단, 북로군정서, 대한독립군단을 조직해 독립군을 양성하고 독립사상을 고취하였다.

정의롭지 못하면 군중을 업고 함부로 춤추지 말라

손병희

"도를 깨달으면 일마다 업이요
귀먹은 것을 깨치면 소리마다 하늘이라
티끌을 씻으면 멀리 하늘이 있고
해로운 것을 멀리하면 나쁜 사람이 없다"
정신문화를 개발하고 산업을 일으키며
의사소통에 전력을 다한다면
군중을 이끌어 운영하는데 어려움이 없다
촛불 들어 옮겨진 정권을 보았지 않은가
군중의 힘이란 이런 것이다
정의롭지 못하다면
군중을 업고 함부로 춤추지 말라

손병희 [1861~1922]

천도교의 지도자이자 독립운동가다. 천도교 제3세 교주를 지냈다. 민족대표 33인으로, 3·1운동을 주도하다 체포되었으며 교육·문화 사업에 힘썼다. 1962년 건국공로훈장 중장(현 건국훈장 대한민국장)이 추서되었다.

합심하면 우리에게 무엇이 두렵겠는가

신규식

독립을 찾은 우리가
세계 제일의 부강국으로 가는 데는
교육이 으뜸이오
그것만이 살길이네
마땅히 의무를 다하여 배움에 힘쓰고
국가를 사랑하는 마음 하나로
신기술을 익혀 열강의 길로 가야 하리
나라의 기초를 닦고
국방의 방어벽도 우리의 몫
합심하면 우리가 무엇이 두렵겠는가

신규식 [1879~1922]

독립운동가로 대한자강회(大韓自强會), 대한협회 등에서 활동하였다. 중국의 신해혁명(辛亥革命)에도 가담하였다. 조국의 장래를 근심하여 단식하다 스스로 목숨을 끊었다. 1962년 대한민국 건국훈장 대통령장이 추서되었다.

무엇으로 변명하고 얼마나 더 속일 셈인가

김상옥

나라의 치안은 경찰의 몫
민중의 지팡이가 되어 재산을 보호하며
약자의 편에 서서
강자의 횡포를 막는 게 경찰의 본분
대한의 경찰이여
가슴에 손을 얹고 맹세하라
비위질에 사건 회피도 모자라
강자들에 빌붙어 그들이 앞잡이가 되는 세상
무엇으로 변명하고 얼마나 더 속일 셈인가
내가 종로 경찰서에 던진 폭탄은
침략군만 노린 게 아니다
아직 시퍼렇게 눈 뜨고 있다는 걸 명심하라
나의 넋은 언제나 약자의 등에 있다

김상옥 [1890~1923]

독립운동가로 혁신단, 의열단 등의 단체에서 일제 기관 파괴, 요인 암살 등의 활동을 전개하였다. 1923년 일본 경찰과의 교전에서 자결하였다. 1962년 건국훈장 대통령장이 추서되었다.

나라 위기는 방심하면 한순간에 무너진다

신팔균

이청천 김경천과 함께 독립군 삼천이라 불린 내게

훈장을 추서하지 마라

일제에 맞서 일으킨 봉기가

중국 마적단의 표적이 될 줄 아무도 몰랐구나

원통하고 원통하다

그래도 훈련만큼은 장담한다

장병은 장병다워야 하는 법

시시때때로 가족과 연락하고 놀이에 빠진다면

적의 훈련총탄 소리에도 기절하는 사태가 벌어지리

자랑스러운 장병들이여

나라의 위기는 방심하면 한순간에 무너진다

굶주림에 지쳐도 맨손으로 싸운 독립군을 기억하라

신팔균 [1882~1924]

독립운동가로 신흥무관학교 교관에 취임, 독립군 양성에 주력하다가 1922년 통의부의 군사위원장이 되어 일본군과 수십 차례 교전함으로써 독립군의 사기를 높였다. 1963년 건국훈장 독립장이 추서되었다.

나라의 앞날을 생각한다면 무엇이 두려울까

최시홍

"조국의 독립은 우리 모두의 희망이다"
대한민국의 목표는 세계 최고를 바라며
민족의 발길이 만방에 퍼지는 것이다
한갓 무부로 태어났어도
나라의 앞날을 생각한다면 무엇이 두려울까
산천초목이 울리도록
우리 강산 짓밟은 무리를 도륙하고
기어이 독립을 이루리라
청년들이여
의무를 다하고 삶의 기치를 똑바로 세웠어도
그 첫째는 나라 지킴이라는 것을 아는가
일어나라, 일본의 악행을 잠재우자

최시홍 [1889~1925]

독립운동가로 삭주에서 마부로 있다가 독립운동에 투신했다. 3·1 운동이 일어나자 천마산대를 조직, 의주·구성 등지에서 주재소와 관청 등을 습격하였다. 일본군의 공격을 받아 대원들을 만주로 이동시키던 중 중국 경찰에 체포되었다.

앉은 자리만 높인다면 만고의 역적이다

박은식

자신이 쌓은 학문을 가르치려면
솔선수범하여 행하라
왼쪽을 가리키고 오른쪽으로 향한다면
스승의 도리가 아니다
학문을 등지고 정치에 나섰다면
한 몸 불살라 도덕과 법치를 따르고
손짓 하나라도 신중해야 하지 않겠는가
국가를 위한다는 명분으로
지위를 이용하여 부를 좇고
앉은 자리만 높인다면 만고의 역적이다
이국의 핍박 속에서도 나의 죽음을
국장으로 행한 그때를 돌이켜 보라

박은식 [1859~1925]

유학자이자 독립운동가로 《황성신문》의 주필로 활동했으며 독립협회에도 가입하였다. 대동교(大同敎)를 창건하고 신한혁명당을 조직하여 항일활동을 전개하였다. 상해임시정부 대통령을 지냈으며 건국훈장 대통령장이 추서되었다.

달과 별이 진을 친 듯 하늘에 벌려 있구나

노백린

"바람과 눈이 몰아쳐 영웅의 칼이 울리고
달과 별이 진을 친 듯 하늘에 벌려 있구나
삼군이 한 번 무너지고 다시 일어서지 못하니
나라의 부끄러움이 어느 사이 10년이 되었네"
실로 부끄러운 일이다
피로 얼룩진 조국이 갈라져 총부리를 겨누고
동족상잔의 비극으로 웃음거리가 되고 말았는데
아직 하나로 합치지 못하고
서로를 겨누고 엄포를 놓는구나
10년 세월도 부끄러워 고개 들지 못했는데
70년이 지났구나
이제는 부끄러워 구천에서도 머리 들지 못한다

노백린 [1873~1926]

독립운동가로 신민회(新民會)에서 활약하였다. 3·1운동 후 상하이[上海]로 가서 대한민국임시정부의 군무총장(軍務總長)을 맡았다. 미국, 블라디보스토크 등을 오가며 항일운동을 하였다. 1962년 건국훈장 대통령장이 추서되었다.

숨을 쉬어도 죽은 듯하고 걸어 다녀도 허공이다

조정환

부모를 잃으면 한쪽 팔이 무너지고
자식을 잃으면 한 다리가 주저앉지만
나라를 잃으면 전부를 잃는 것이다
짐승 같은 왜놈의 무리가 강토를 점령하였는데
내 갈 곳이 어딘가
숨을 쉬어도 죽은 듯하고 걸어 다녀도 허공이다
"나의 뜨거운 마음은 조선의 해와 달 같은데
나의 몸은 중국땅에 묻히는 구나
이제 인간의 세상을 떠나니
오늘 아침이 독립의 해로구나"
국민들이여
다시는 나와 같은 사람이 없어야 하지 않은가

조정환 [1875~1926]

독립운동가로 3·1운동 이후에 만주로 건너가 의병과 개신 유학자 등 구국 지사들이 모인 항일 무장 투쟁 단체인 대한독립단에 가입하면서 본격적으로 민족 해방 운동에 투신하였으며 신채호와 함께 민족 해방 운동에 헌신하였다.

뭉치는 것은 개인의 영달을 위함이 아니다

나석주

한국노병회를 아는가
노동자가 병사가 되어 투쟁하자는 취지에
전국의 노동자가 합심하여 구국의 길로 나섰다네
개인의 삶이 먼저라지만
나라를 잃으면 무슨 소용이 있으랴
뭉치는 것은 개인의 영달을 위함이 아니라
오직 나라의 부강함과 국방을 튼튼히 하고자 함이라
자신들의 이익만을 위해 싸우는 것도 모자라
국가를 상대로 투쟁한다면
국민은 물론이고 나라는 어디로 향하겠는가
노동자들이여 각성하라
투쟁의 목표를 개인의 이익에 두지 말고
국가와 민족의 부흥에 앞장서라

나석주 [1892~1926]

독립운동가로 의열단(義烈團)에 입단하여 식산은행에 폭탄을 투척하여 일본인들을 죽였다. 동양척식주식회사에도 투척하였으나 불발하여 조선철도회사에 가서 일본인들을 저격하였다. 1962년 건국훈장 대통령장이 추서되었다.

가장 첫 번째는 정치의 악덕이다

이상재

국가를 망하게 하는 수많은 이유 중
가장 첫 번째는 정치의 악덕이다
이완용과 그 무리가
일본으로 건너갔다면 그들도 망했을 것이다
실로 통탄한 일이 지금도 일어나고 있으니
하늘이 원망스럽다
나라를 위한답시고 정치에 뛰어든 인사들아
다시 나라를 팔아먹기로 작정했는가
처자식 부유한 나라에 보내 놓고
온갖 명분으로 재산 빼돌리는 한심한 처사를
무엇으로 해명하며 국민을 달래려는가
땅바닥을 치는 국민들의 눈빛이
무슨 색깔인지 살피고 살펴라

이상재 [1850~1927]

정치가, 사회운동가, 독립운동가로 서재필과 독립협회를 조직, 부회장으로 만민공동회를 개최했다. 개혁당 사건으로 복역했고, 헤이그 만국평화회의 밀사파견을 준비했다. 소년연합척후대 초대 총재, 조선일보사 사장 등을 지냈다.

우리의 산천은 아름답고 아름답다

안명근

우리의 산천은 아름답고 아름답다
이런 땅에 사는 우리야말로
하늘 아래 가장 복 받은 민족
자랑하고 자랑하라
형 안중근이 원흉을 쏴 죽이고
독립의 문을 열었을 때
삼천만의 기쁨은 말로 형용할 수 없었다
그러나 애석하다
민족의 수난은 그치지 않고 반복되어
강토의 흙빛이 죽어 가는데
젊은이들이여 움츠리지 마라
정치의 과오가 아무리 크다 하여도
민족의 정기는 그대들로부터 일어나
꺼지지 않은 불꽃으로 타오르리라

안명근 [1879~1927]

독립운동가로 어려서부터 안중근과 함께 항일운동을 하였으며, 이승훈(李昇薰)·김구(金九) 등과도 교분이 두터웠고 안악사건의 장본인이다. '105인사건'의 주모자로 10년 동안 복역하였다. 1962년 건국훈장 독립장이 추서되었다.

억울하고 억울한 만행을 누구에게 하소연할까

김지섭

관동대지진을 잊지 마라
그놈들의 땅에 하늘이 내린 벌인데
왜 우리 동포가 학살되어야 하는가
억울하고 억울한 만행을 누구에게 하소연할까
만 명이 넘는 영혼들이
고국의 땅에 돌아오지 못하고
왜놈의 발치에 차이는 것을 두고 보란 말이던가
분하고 원통하다
가슴 깊이 품고 일왕 앞에 던진 폭탄이
불발로 그쳐 잡히고 말았으니
그놈들의 재판에 순순히 따를쏘냐
나를 사형에 처하라
나의 죽음으로 동포의 가슴에 불 지핀다면
내 의무를 다하는 것
악마의 화신 왜놈들을 잊지 마라

김지섭 [1884~1928]

독립운동가로 의열단에 가입했고, 상하이·베이징 등지에서 독립운동을 했다. 제국의회에 참석하는 일본고관들을 저격하려 했으나 제국의회 무기한 연기로 계획을 변경하여 일본 궁성의 니주바시에 폭탄 3개를 던졌다.

구천을 떠돌며 후회할 줄은 미처 몰랐다

홍범식

삼천리 금수강산을 짓밟은 놈들의 가슴에
죽창 하나 꽂지 못하고
스스로 목숨을 끊은 것을
구천을 떠돌며 후회할 줄은 미처 몰랐다
동포여!
"기울어진 국운을 바로 잡기엔
내 힘이 무력하기 그지없고
망국의 수치와 설움을 감추려니
비분을 금할 수 없어
스스로 순국의 길을 택하지 않을 수 없구나
피치 못해 가는 길이니 내 아들아
너희들은 어떻게 하든지
조선 사람으로 의무와 도리를 다하여
빼앗긴 나라를 기어이 되찾아야 한다
죽을지언정 친일을 하지 말고
먼 훗날에라도 나를 욕되게 하지 말아라"

홍범식 [1871~1910]

순국열사로 전라북도 태인(泰仁)군수로 의병 보호에 힘썼다. 금산(錦山)군수로 전임되어 선정을 베풀었으나, 한일병합조약이 이루어지자 통분을 이기지 못하여 자결하였다. 1962년 건국훈장 독립장이 추서되었다.

권좌의 욕심이 인간을 이렇게까지 망가뜨릴까

박용만

정순만 이승만과 더불어 삼만으로 불린 내가
미국 땅에 국민군단을 설립하여
일본 군함을 폭파하려 했으나
이승만의 방해로 실패하고
스파이로 몰려 미국 법정에 서서 수모를 당한 건
권좌의 욕심이 인간을 어떻게 망가뜨리는지
똑바로 가르쳐준 교훈이다
더구나 같은 피를 가진 동포의 오해를 받아
그들의 총에 피살당한 것은
믿음과 충절이 국가 운영에 얼마나
중요한 것인지를 말해준다
후대에 이르니, 국가 운영은 목숨 걸고 하되
동지를 믿어라, 권력의 욕심을 버려라

박용만 [1881~1928]

독립운동가로 1909년 미국 내에서 최초로 한인군사학교인 한인소년병학교를 설립하는 등 무력에 의한 독립 쟁취를 주창하였다. 《신한민보》 《신한국보》 등의 주필을 지냈고, 대한민국임시정부 외무총장을 지냈다.

돌아오지 못할 영혼에 거적때기 씌우지 마라

편강렬

팔다리에 총탄이 박히면 빼내고 다시 뛰고
신출귀몰 일본군 간담을 서늘하게 했던 내가
죽을 때까지 싸운 강토를 돌아보니
애석하고 통탄하기만 하는구나
얼룩진 피 닦아내어 아름답게 꾸민 강산에
이리저리 파헤쳐 돌덩이로 쌓은 저것이 무엇이냐
조상을 섬겨 받드는 것은 민족의 풍습이라도
넘치면 악습으로 변하여 국가의 재앙이 되는 것
자중하고 자중하라
부모 살아생전에 온갖 불효 저질러 놓고
그것을 감추려고 하는 짓인가
영혼은 있으나 없으나 마음속에 살아있거늘
돌아오지 못할 영혼에 거적때기 씌우지 마라
효행은 진심으로 받드는 정성에 있다

편강렬 [1892~1928]

을사조약 체결 후 영남지방 의병장 이강년의 휘하에 들어가 선봉장이 되었다. 총독 데라우치 마사타케의 암살을 모의하다가 발각되어 3년간 복역하였으며 출옥 후 3·1운동이 일어나자 황해도 일대의 독립운동을 지휘하였다.

지금 당장 재산을 헌납하고 제자리로 돌아가라

이승훈

나라를 되찾는 일은 교육이 으뜸이요
마땅히 국가와 민족에 헌신하여
후세에 길이 빛나는 나라의 영웅이 되려 함이다
그대들은 높은 배움을 자처하며
그 뜻을 애국애족에 두었는가
학문으로 이룬 것은 학문의 탑으로 보이는데
어이하여 시궁창에 빠진 쥐보다 흉물스러운가
빈부격차 줄여 평등한 나라 만들겠다 호언장담하더니
고위직에 올라 무엇이 부족하여
온갖 술수로 재산을 노리고 국민을 우롱하는가
나는 그렇게 가르치지 않았다
지금 당장 재산을 헌납하고 제자리로 돌아가라
먼 훗날 그대들이 저지른 온갖 패악질은
강산이 변해도 반드시 나타난다

이승훈 [1864~1930]

한국의 교육자이자 독립운동가로 신민회 발기에 참여했고, 오산학교를 세웠다. 105인사건에 연루, 옥고를 치렀다. 3·1운동 민족대표 33인의 한 사람이었다. 동아일보사 사장에 취임, 물산장려운동과 민립대학 설립을 추진했다.

강도보다 강도를 돕는 행위가 더 나쁘다

장인환

강도보다 강도를 돕는 행위가 더 나쁘다
왜놈보다 그들을 도와 국민을 핍박하는 자는
나라를 팔아먹은 자들보다 더 나쁘지 않겠는가
스티븐스는 강도보다 더한 악질
자신의 이익을 위하여 대한민국을 팔았다
나의 손에 죽어 마땅하지 않은가
사람이 사는 세상은 언제나 같은 수레바퀴
그런 인물은 도처에 출몰하여 약자를 짓밟고
자신의 이득만 챙긴다
후대의 국민이여
이런 자를 옆에 두지 마라
일본을 이기기 위하여 강대국의 힘을 빌린다면
언젠가는 그들이 손아귀에 한줌 먼지가 되는 것
당장 급하다고 손 내밀지 말고
치밀한 계획을 세워 굳세게 버텨라

장인환 [1876~1930]

독립 운동가로 한국 정부의 외부 고문인 미국인 스티븐스가 기자회견을 자청, 일본의 한국침략을 정당화하는 발언을 하자 한국인 의혈청년 전명운이 쏜 권총이 불발하자 격투를 벌이는 것을 보고 권총으로 스티븐스를 죽였다.

총칼이 부족하여 빼앗겼다 생각하는가

이상룡

총칼이 부족하여 빼앗겼다 생각하는가
우리는 너무 몰랐다
이제라도 배우고 익혀 정신무장을 해야 한다
역사 속 나라들이 영원하지 못한 건
그릇된 배움으로 위정자들을 잘 못 세웠기 때문
임시로 세운 정부라도 나라의 대표가 아니던가
타국에 빌붙어 만든 구국의 정부에서
서로 헐뜯고 자리다툼 한 것이 부끄럽지 않은가
이승만을 탄핵한 것은 옳다지만
그 자리가 무엇일진대 서로 다퉈야 하는가
보이는 것만이 현실이 아니다
나라를 생각한다면 참는 것도 묘책
바꾼 정치가 더 나쁠지 누가 짐작이나 할까
대통령은 아무나 하지만
대통령의 임무를 아는 자는 진정 없구나

이상룡 [1858~1932]

대한협회(大韓協會) 회장 등을 지낸 한말의 독립운동가이다. 1910년 국권 피탈 이후 간도(間島)로 망명하여 신흥강습소(新興講習所), 부민단(扶民團) 등을 조직하여 독립운동에 힘썼다. 1962년 건국훈장 독립장이 추서되었다.

나라의 운명은 국민이 정하고 국민이 결정한다

이승만

나라의 운명은 국민이 정하고 국민이 결정한다
대통령이 할 수 있는 일은
국민이 가리키는 길을 보는 것
내가 옳다고 나의 길을 고집하다가
국토가 무너져 삶의 터전이 사라지는 걸
탄핵을 두 번 당하고 알았다
애국지사들이 추대한 대통령의 길은 나라의 독립
국민 뜻에 따른 헌법수호의 길은 애국애족의 자주독립
두 번 중 한번이라도 국민을 바라봤다면
삼천리 강산에 무궁화는 세계 어느 곳에도 피어났으리
대통령은 가장 낮은 의자를 들고 다니는 존재
강이 넘치면 물길을 바꾼다는 것을 몰라
내가 만든 수렁에 빠지고 말았다
이국의 나무 그늘로 쫓겨나
파도소리 헤아리며 부른 애국가 누가 들어줬으랴

이승만 [1875~1965]

대한민국의 정치가이자 독립운동가, 초대 대통령. 독립협회, 한성임시정부, 상하이 임시정부에서 활동했다. 광복 후 우익 민주진영 지도자로 1948년 대한민국 초대 대통령에 당선되었다. 4선 후, 4·19 혁명으로 사임했다.

평등을 구하면서도 평등하지 않다

김중건

사람은 모순덩어리

평등을 구하면서도 평등하지 않다

노동자가 닦아 놓은 길은 부자들의 자동찻길

농사꾼의 입에는 쌀은 커녕 보리도 못 들어가고

초가집 창문은 열릴 줄 모르는데

고대광실 기와집은 유리창이 환하고

밥 달라 우는 아이는 골목에 늘어나는데

부잣집 누렁이는 쌀밥을 먹는다

누가 만든 세상이 이렇더란 말이냐

사람은 다 같은 사람

세상이 변하여 평등하다 외치는 지금도

집 한 채 없는 사람은 왜 이렇게 많아지고

백 채 이백 채 가진 자는 세금이 많다고 한다

사람들아 깨어나라

가진 자나 없는 자나 생명줄은 하나다

김중건 [1889~1933]

독립운동가로 만주로 건너가 독립운동에 참여하는 한편, 도학(道學)에 관한 많은 저술활동을 했다. 여러 곳에 학원을 설립하여 혁명가 양성에 노력했다. 항일투쟁을 벌이던 중 1933년 조선공산군에 의하여 살해되었다.

이 세상은 남녀가 반반 그 책임도 반반이다

남자현

"독립은 정신으로 이뤄진다"
나라를 찾는데 남녀 구별이 필요한가
내 남편 빼앗아가고 농토를 짓밟은 원수들을
어떻게 두고 보겠는가
무명지 두 마디를 잘라 혈서를 쓴 것은
나를 따르라 함이 아니고
내가 지닌 의지를 만천하에 고한 것
대한여자독립원이라는 글씨는
핏빛이 아닌 꽃이어야 했다
세상 사람들아
남자들 세상이라고 하지 마라
이 세상은 남녀가 반반 그 책임도 반반이다
후대에 이름 남기지 않아도
여자의 공적은 자연 속에 길이 새겨진다

남자현 [1872~1933]

여성 독립운동가로 총독 사이토 마코토의 암살을 계획했으며 혈서 '조선독립원'을 작성하여 조국의 독립을 호소하였다. 일본장교 암살하려다 체포되어 옥고를 치렀다. 건국훈장 대통령장이 추서되었다.

때만 되면 벌떼처럼 일어나는 무리들을 보라

백정기

일제가 떠난 나의 조국에
그 무슨 정당이 이렇게 많으냐
우후죽순처럼 일어난 저 파벌의 숲에서
누가 진정한 애국자인지
때만 되면 벌떼처럼 일어나는 저 무리
어느 나라 사람들이더냐
자기가 아니면 나라가 금방 망할 것처럼
옮겨 다니며 떠들어대는 저 입을
무엇으로 막을까
내가 만주와 일본 상하이 등을 전전하며
여러 단체에 가입하고 활동한 것은
오직 원수를 처단하는 일이었는데
오호라 통제로다
내게 아직 주어지는 한 표가 있다면
죽음 불사하고 말렸으리

백정기 [1896~1934]

독립운동가로 일본 군사시설을 파괴하는 등의 항일운동을 전개하였다. 상하이에서 중국 주재 일본대사 아리요시[有吉] 암살을 모의하다 체포되어 옥고를 치렀다. 1963년 건국훈장 독립장이 추서되었다.

첫째도 무지함이오, 둘째도 무지함이다

이동휘

우리가 일본에 나라를 빼앗긴 이유는
첫째도 무지함이오
둘째도 무지함이다
모르면 빼앗긴다는 교훈을
나라를 잃고 배운 것
그때는 몰라서 그랬다면 지금은 무엇인가
아는 척하고 다 가진 척하는 안일함에
또다시 나라를 빼앗길 것인가
가진 것과 못 가진 것의 차이는
자기만족에 있으나
만족은 자만을 낳는 것
우리의 자유는 언제나 부족하다
진정 그것을 알아야 일본을 이긴다

이동휘 [1873~1935]

독립운동가로 1919년 대한민국임시정부에 참여하여 군무총장, 국무총리를 지냈다. 이때 공산당으로 전향, 이승만·안창호 등과 대립했다. 1995년 건국훈장 대통령장이 추서되었다.

왜적은 나의 이름만 들어도 벌벌 떨었다

이홍광

청춘이 아까운가
조국의 부름을 받는 것이 억울하면 이 땅을 떠나라
의무는 동일하다
누구는 군대에 가지 않고 나만 간다는 편견을 버려라
군대를 회피하는 젊은이여
나의 족적을 보아라
어린 나이에 조국을 떠나 만주벌판을 누볐을 때
왜적은 나의 이름만 들어도 벌벌 떨었다
조국의 부름이 아니라 자원이었다
부모 · 형제의 생사를 모른 채
굶주림 견디며 싸웠던 장면을 그려보라
25세 젊은 나이로 총격을 받아 절명한 것이 억울할 뿐
아직도 내 손으로 이루지 못한 대한독립이
아쉽고 아쉬워 조국 하늘을 맴돈다

이홍광 [1910~1935]

독립운동가로 일본인 학생과 싸운 것이 계기가 되어 1년만에 퇴학당하였다. 이를 계기로 독립운동에 투신하였으며 노령(老嶺)에서 일본군과 격전을 벌인 끝에 중상을 입고 환인현의 밀영에서 전사하였다.

유품으로 남은 총을 들고 산야를 누볐다

유희순

시아버지가 순국했다

뒤따라 싸우던 지아비가 절명하였다

하나뿐인 아들마저 적진에 뛰어들어 전사했구나

여자라고 참아야 하는가

유품으로 남은 총을 들고

산야를 누볐다

"아무리 왜놈들이 포악하고 강성해도

우리도 뭉쳐지면 왜놈잡기 쉬울세라

아무리 여자인들 나라사랑 모를쏘냐

남녀가 분별한들 나라없이 소용있나"

이 땅의 여인네들이여

남자의 뒤를 따르지만 말고

이제는 앞장서서 나라를 지키고 가족을 보전하라

유희순 [1860~1935]

독립운동가로 1919년 3월 6일 군산 독립 만세 시위를 모의하고 독립 선언문을 제작하고 배포하며 시위운동을 전개했다. 대한민국 정부는 고인의 공훈을 기리어 1982년 대통령 표창, 1990년 건국 훈장 애족장을 추서하였다.

민족상잔의 비극은 그때 이미 시작되었다

신채호

"미국의 위임통치를 청원한 이승만은
이완용이나 송병준보다 더 큰 역적이오
이완용은 있는 나라를 팔아먹었지만
이승만은 아직 나라를 찾기도 전에
팔아먹으려 하지 않소"
애석하다
김구의 죽음이 이렇게 큰 비분으로 남을 줄이야
애국애족에는 신분 고하 남녀노소가 없다 해도
반드시 욕심을 버린 자가
우두머리가 되어야 한다는 건 만고의 진리
민족상잔의 비극은 그때 이미 시작되었다
"열해를 갈고나니 칼날은 푸르다만
쓸 곳은 모르겠다
푸른 날이 쓸데 없으니
칼아 나는 너를 위하여 우노라"

신채호 [1880~1936]

독립운동가이자 사학자로 《황성신문》, 《대한매일신보》 등에서 활약하며 역사 논문을 발표하여 민족의식 고취에 힘썼다. '역사라는 것은 아(我)와 비아(非我)의 투쟁이다.'라는 명제를 내걸어 한국 근대 사학의 기초를 확립했다.

내 몸에 불붙여 춤추는 모닥불이 되리라

심훈

그날이 오면
이 땅의 정치가 정의로 채워지고
모든 악업의 정치인이 가고
국가와 민족을 위하는 인물만 남는다면
갈라진 북녘 땅
동포들의 손 부여잡고 일본으로 건너가
왜왕 끌어안고 자폭하리라
그런 날이 찾아온다면
일제의 앞잡이가 된 매국노의 후손들이
정치권에 발 들여놓지 못하는
그날이 오면
순국 애국지사들의 후예를 불러
내 몸에 불붙여 춤추는 모닥불이 되리라
그래도 기쁨이 남는다면
먼저 간 영혼들을 위한 닭울음 소리
삼천리 강산을 맴돌게 하리라

심훈 [1901~1936]

독립운동가로 본명은 심대섭(沈大燮), 호는 해풍(海風)으로 우리에게 널리 알려진 '상록수'의 저자이자 시인이다. '그날이 오면'이란 독립 시가 있으며 경성 제일고보 재학 중 3·1운동에 참가하였다가 4개월간 복역하였다.

나라 없는 몸 무덤은 있어 무엇 하랴

김동삼

무오독립선언서를 상기하라
기미년에 앞서 39인이 궐기한 독립선언은
민족의 가슴에 자긍심을 심었다
단체를 설립하여 중국 땅을 누빈 것은
방해하는 무리가 호시탐탐 노렸기 때문이지만
이름만 다른 똑같은 결합체였다
화합을 이루지 못한 임시정부에서
하나로 뭉치기 위한 방편은
독립의 꿈을 놓치지 않겠다는 결의
만주사변의 발발로 산산이 깨지고 말았다
부끄러워 고개 들지 못하는 나를 거론 하지 마라
"나라 없는 몸 무덤은 있어 무엇하느냐
내 죽거든 시신을 불살라 강물에 띄워라
혼이라도 바다를 떠돌면서 왜적이 망하고
조국이 광복되는 날을 지켜보리라"

김동삼 [1878~1937]

독립운동가로 만주에서 신흥강습소를 세우고 민족유일당촉진회를 조직하여 위원장을 지냈다. 만주사변 때 하얼빈에서 붙잡혀 본국으로 강제송환 되어 서대문형무소에서 옥사하였고 그의 유해는 화장하여 한강에 뿌려졌다.

아리랑 아리랑 우리의 혼을 불어넣자

나운규

고고한 학자만이
나라를 위하는 것이 아니다
민초라 할지라도 뜻을 세우면 애국자
왜적에 맞서 싸우면 독립군이다
아리랑은 민족의 정취를
한없이 간직한 우리의 노래
마디마다 서린 한은 어머니의 마음
가락마다 꺾인 한은 아버지의 한
산골짜기 넘으며 한숨이 되고
논두렁 넘어가며 노래가 된다
아리랑 아리랑을 외치며 이룬 독립 의지
세계 만민이 따라 부르는 노래
우리의 혼을 불어넣자

나운규 [1902~1937]

한국의 영화인으로 《아리랑》, 《벙어리 삼룡》, 《오몽녀》등의 영화를 제작하였다. 우리 민족의 한을 독립의지로 승화시킨 항일영화를 만들어 민족혼을 고취시킨 공로로 사후 건국훈장이 추서 되었다.

알면 이기고 모르면 진다

양기탁

알면 이기고 모르면 진다
우리의 약함을 일으켜 세우고
일본의 동향을 살피는 것은
독립을 위한 초석이다
신문을 만들어가는 기자들이여
그대들의 역할은 군대보다 크고
공직자들보다 중하다
좌우 한쪽에 치중하든가
권력자에 붙어 아부를 일삼는다면
나라의 등불은 암흑 속에 묻히는 것
있는 그대로의 사실을 알리고
그 대비책을 연구 발표하라
이것이 기자의 본분
어려운 처지에도 입 닫지 마라

양기탁 [1871~1938]

언론인·독립운동가로 영자신문 《코리아타임즈》를 발간하였고 같은해 국한문으로 《대한매일신보》를 창간, 주필이 되어 항일사상을 고취하였다. 1921년 미국의회의원단이 내한하였을 때 독립진정서를 제출한 사건으로 투옥되었다.

만주벌판을 누비던 사람이었다고 불러주게나

조명희

중국 땅을 헤매는 것도 모자라

동토의 미개지 소련에 붙잡혀 있는 몸이

낙동강을 그린들 정경이 살아나고

팥죽을 끓인들 맛이 있으랴

나에게 간첩죄를 뒤집어씌워

재판 없이 총살한 소련은 밉지 않으나

혁명 투사 이야기 쓴다고 배척한 자들의 행위는

아직도 풀리지 않는 의문이다

나라 잃어 돌격대에 합류하지 못한 괘씸죄

글로 일으켜 세우려 한 꿈이 깨지고 말았다

후일 해방되어 내 이름 부르는 사람 있다면

도도히 흐르는 낙동강 가에서

만세운동 하다가 옥살이하고

만주벌판을 누비던 사람이었다고

노래나 불러주게나

조명희 [1894~1938]

소설가. 《파사(婆娑)》 등 현실과 인간성의 문제를 다룬 희곡으로부터 시작하였다. 이후 대표작 《낙동강》 등을 발표하였다. 1928년 소련으로 망명. 니콜스크에 살면서 대작 《만주의 빨치산》을 썼다.

공산당의 이론에 속았으나 실행하지 않았다

김산

김산, 유정화, 장북성, 류명, 장지학
무슨 이름으로 불리든 괜찮다
오직 독립을 위하여 바꿨던 이름
구천에 계신 선영들도 나무라지 않았으리
공산당의 이론에 속은 적 있으나
실행하지 않았다
의로운 일에는 발 벗고 나서서 행하였다
사나이 걸음걸이에 걸림돌은 없다
민족의 아픔이 나의 아픔이고
되찾을 나라의 기틀은
미리 만들어야 하지 않겠는가
비록 공산당원의 배반으로 처형대에 섰으나
나는 변명하지 않았다
나라를 찾지 못한 죄가 너무 컸기 때문이다

김산 [1905~1938]

사회주의 혁명가, 항일독립투사, 아나키스트, 국제주의자이자 민족주의자다. 만주, 일본, 북경, 광동 등을 누비며 독립운동을 전개하다 희생된 독립운동가로 님 웨일즈의 아리랑에선 장지락으로 쓰여 있다.

무궁화 무궁화는 우리나라 꽃이다

남궁억

무궁화는 우리나라 꽃
누가 무개나무라 부르며 멸시하고
지저분하다고 비난하는가
절개를 지키고 정신을 일깨우는 꽃을
고귀하게 가꾸고 숭모하라
산골짝부터 들판을 누볐고
집집마다 울타리에 심어 가꾼 꽃이
어느 날 버림받고 말았구나
'무궁화 무궁화 우리나라꽃'
삼천리 강산에 심어놓고
우리 마음에도 심어 노래 부르자

남궁억 [1863~1939]

독립운동가이자 교육자이며 언론인. 궁내부 별군직(別軍職), 칠곡부사(漆谷府使), 내부 토목국장(土木局長) 등을 역임하였고 독립협회에서 활약하였다. 배화학당 교사로 있으면서 교과서를 편찬하고 교회와 학교를 세웠다.

학생은 도리를 아는 진정한 스승을 원한다

한기악

먼저 배우고 익혀 후대를 가르치는 것은
사람의 도리
존경과 칭송받지 못하면 스승이 아닌 선생
스승은 없고 선생이 난무하는 세상에
온갖 감투가 난무하니
이를 어떻게 바로 잡을 것인가
선생들이여
먼저 스승의 날을 선생의 날로 고치고
그대들이 추구하는 감투싸움에 뛰어들어라
이 땅의 제자들은
인간의 도리를 아는 진정한 스승을 원한다

한기악 [1898~1941]

독립운동가이며 언론인이자 교육가. 상하이 임시정부 의정원·법무의원으로 활동하였고 《동아일보》 창간동인·편집인·경제부장과 《조선일보》 편집국장을 지내고, 중앙고보에 봉직하며 인재교육에 헌신하며, 중앙학원 감사를 지냈다.

많이 뛰는 용사가 총알도 피해간다

김경천

백마를 타든 흑마를 타든
침략군을 물리치면 된다
일본 육사 기병과에 다닌 내가
왜병의 허점을 모르겠는가
전장의 두려움은 패배의 길
뼈가 삭을 때까지 훈련하고 훈련하라
전쟁은 훈련한 만큼 유리하고
적병의 가슴이 크게 보인다
나약한 병사는 전장의 장애물
많이 뛰는 용사가 총알도 피해간다
명심하라
편안함을 잊지 못한다면
그대는 대한민국의 군인이 아니다

김경천 [1888-1842]

1920년대 러시아의 빨치산 부대에서 활동한 독립운동가로 중국의 마적들을 소탕하고 시베리아에서 명성을 얻어 동포 사이에서 '김장군'이라 불렸다. 3·1운동 이후 대한독립청년단에서 활동하였다. 건국훈장 대통령장이 추서되었다.

영혼은 조국에 돌아와 왜적을 감시한다

허형식

서른 셋을 새겨보라
내가 적의 총탄으로 죽은 나이다
스물 한살에 싸우다 잡혀 옥고를 치르고
만주 벌판을 누빈 나를
지금 아무도 기억하지 않아도
영혼은 조국에 돌아와 왜적을 감시한다
"눈 쌓인 대지의 유격전쟁은
여름과는 비교할 수 없네
삭풍 불고 큰 눈 날리니
눈 쌓인 대지는 다시 얼름하늘이 되네
바람은 뼈를 에이고 눈은 얼굴 때리니
손발은 동상에 찢어진다
애국 남아는 죽음을 두려워하지 않으니
어찌 다시 가난을 두려워하랴"

허형식 [1909~1942]

사회운동가이자 독립운동가로 동북항일연군 3로군 총참모장을 역임하고, 제3로군 제12지대 정치위원으로 풍락진(豊樂進)전투에 참전했다. 1941년 일본의 토벌에 맞서 항일연합군 유격활동을 계속하다 북만주 경성현에서 전사했다.

제주를 지켜 독립의 발판으로 삼으련다

강관순

파도는 관용이 없어도

물질 나선 해녀들을 지켜줬다

목숨 걸고 채취한 해산물

공짜로 가져가는 일본 놈들은

한라산에 파묻어도 시원치 않을 해적

아들 낳으면 엉덩이 때리고

딸 낳으면 돼지 잡는다는 말을

왜놈들은 모르는구나

제주는 여자들의 터전

그까짓 놈들 무엇이 두려우랴

바다물결에 시달려 잠 못 이룬다 해도

바다 건너 대마도까지 헤엄쳐가는 우리가

조국의 독립을 바라지 않을까

한라산이 노하여 다시 폭발한다 해도

제주를 지켜 독립의 발판으로 삼으련다

강관순 [1906~1942]

사회주의운동가로 1932년 일제의 경제적 수탈에 저항하기 위해 일어난 제주도해녀투쟁(일명 세화리 해녀항쟁)을 주도하였다. 문학적 재능이 뛰어나 옥중에서 작사하여 항일운동가로 널리 불리던 〈해녀의 노래〉가 전해진다.

날마다 기세등등하니 어찌해야 하는가

김익상

조선 조국 심장부 궁궐을 헐고
총독부를 지어 버티고 선 왜놈들은
인왕산 바위로 쳐부숴야 할 텐데
날마다 기세등등하니 어찌해야 하는가
이 몸을 던져 폭파하고 말겠다던 각오는
한갓 물거품이런가
동지들의 신음 한양에 진동하는데도
왜 저리도 편안한 걸음만 걷고 있는가
일어나라 동포들이여
한 몸 던져 나가는 나의 뒤를 따라
독립의 길로 가자
총칼이 없으면 깃발이라도 들고
왜놈의 가슴에 공포를 심자

김익상 [1895~1925]

독립운동가로 1921년 조선총독부에 폭탄을 던져 내외의 이목을 집중시켰다. 1922년 상하이 세관부두에서 일본 육군대장을 암살하려 했으나 실패하고 체포되었다. 복역 중 감형되어 출옥하였으나 일본 형사에게 살해되었다.

빼앗긴 들에도 봄은 오는가

이상화

부끄러워해라! 청년들이여!

돈 많은 부모를 두지 못하고

대대로 이어받은 땅도 없는 신세를

고위직 아버지와 대학교수 어머니

피를 이어받지 못한 것을

가짜 학력 만들어 대학에 들어가고

허위논문으로 취직하는 금수저들 보며

치를 떠는 젊은이여!

빼앗긴 들에도 봄은 오지만

그러나 그 봄은 그대들의 봄이 아니다

이상화 [1901~1943]

독립운동가이자 시인으로 〈빼앗긴 들에도 봄은 오는가〉를 발표하면서 신경향파에 가담하였던 시인. 조선일보사 경북총국을 맡아 경영하기도 했다. 주요 작품으로 시 〈나의 침실로〉 등이 있다.

유달산의 높이보다 우리의 기세는 더 높다

서태석

내 땅에 내가 농사짓는데
다 빼앗기고 마는구나
물고기 한 마리도 신고하라니 이게 무슨 말인가
너희가
모 한 포기 심었느냐 그물 한 코 기워 줬느냐
농사짓는 무지렁이라고
물질하는 뱃놈이라고 얕보지 마라
유달산의 높이보다 우리의 기세는 더 높다
농민들이여!
어민들이여!
모여라 뭉쳐라 대마도까지 우리 영토 아니던가
목포의 눈물은 맹물이 아니다
삼학도 기슭에 높이 날던 학들도
우리의 머리 위에 떠날 줄 모르는데
언제까지 왜놈들 발밑에 있을쏘냐

서태석 [1885~1943]

항일농민운동가. 암태도소작인회, 조선사회단체중앙협의회, 조선공산당 등에서 활동하였다. 1923년 전라남도 신안군 암태도에서 소작쟁의를 주도하였으며 사후 건국훈장 애국장이 추서되었다.

평등, 공정, 정의는 국민의 권리다

이정

조국이 평등한가 공정한가 정의로운가
참으로 부끄럽고 부끄럽다
내가 흘린 피가 산야를 덮고
아직도 강줄기 따라 흐르는데
누구를 위하여 내가 싸웠는가
모두가 평등하고
어느 곳에서나 공정하며
사회가 정의롭기를 바라는 뜻으로
동지들은 목숨을 바쳐 왜놈과 싸웠다
그렇게 찾은 나라의 꼴이
높은 관직이 아니면 억울함을 당하고
힘없는 자는 절망으로 살아야 하는 것이
우리가 바라던 나라던가
당장 돌려놔라
평등, 공정, 정의는 국민의 권리다

이정 [1895~1943]

중국에서 활동한 독립운동가이며 대종교 신자이다. 1919년에 조직된 북로군정서에 소속되어 군자금 모금과 대종교 전파 등에 힘썼다. 1942년 일본의 대종교 말살정책으로 체포되어 옥중에서 순국하였다.

실패하는 것은 조금도 부끄러울 것이 없다

안희제

"일을 도모하는 것은 사람에게 있고
일을 이루는 것은 하늘에 있다
실패하는 것은 마음에 조금도 부끄러울 것이 없다
또 사람을 과중하게 믿는다 하는데
어찌 사람을 믿지 않고 자기를 믿을 수 있으며
또 어찌 남을 의심해야 한단 말인가"
망설이지 마라
저들이 무모하게 나오는데 주저한다면
또 빼앗기고 마는 것
동포들이여, 이것저것 계산만 하고 있을 것인가
주저하지 말지다
그 시절로 다시 돌아간다면
나는 백골이 된 지금도 치가 떨릴 것이다

안희제 [1885~1943]

일제강점기 때 활동한 독립운동가로 종교를 통하여 민족자주정신을 고취하였다. 대동청년당(大東青年黨)을 조직하여 항일운동을 하였으며 중앙일보사의 사장을 지냈다. 1962년 건국훈장 독립장이 추서되었다.

봉오동의 바람은 지금도 차갑다

홍범도

봉오동 바람은 지금도 차갑다
삭풍에도 군기 흩트리지 않은 동지가 그립구나
군대는 의기로 뭉쳤어도
칼날 같은 군기가 없다면 무너지고 마는 것
병사는 온갖 첨단 놀이기구에 빠져있고
무서워서 수류탄도 던지지 못하며
10리 행군마저 힘들어 눈물 흘리는 꼴을
적병이 알았다면 얼마나 우스꽝스러운 일인가
이 모두가 지휘관 탓이로다
계급장만 금빛으로 빛나고
입에서 술 냄새 가시지 않는 지휘관이라면
차라리 옷을 벗어라
국가는 그대들을 원하지 않는다
정치판에 뛰어들 생각만 하는가
자식들 유학 간 머나먼 나라를 흠모하는가

홍범도 [1868~1943]

만주 대한독립군의 총사령군이 되어 일본군을 급습하여 전과를 거두었다. 독립군 본거지인 봉오동 전투에서 독립군 최대의 승전을 기록하였으며, 청산리 전투에서는 제1연대장으로 참가하였으며, 고려혁명군관학교를 설립했다.

우리글을 바꿔 다른 글을 만들었는가

이윤재

여기가 내 나라 내 땅이 분명한데
우후죽순으로 솟아난 마천루의 문패마다
저게 무슨 글자인가
세종대왕 보다 더 높은 성군이 태어나
우리글을 바꿔 다른 글을 만들었는가
골목마다 빼곡하게 붙은 간판에
xxx zz yyy 뽀락 빠그락 삐약비약
무슨 글인지 알아볼 수 없으니
방향 잃지 않았어도 고향을 못 찾는구나
한 나라의 말과 글은 민족의 상징
글이 없는 곳엔 반드시 타민족이 점령하는데
우리글은 어디 가고 비뚤어진 글자가 난무하는가
오호 통재로다
내 나라말 지키려다 감옥에서 순국한 동지들이여
세종대왕을 만나 무슨 말을 전해야 하는가

이윤재 [1888~1943]

국어학자이자 독립운동가로 한글맞춤법 제정 참여, 조선어사전 편찬 등 한글 보급을 통한 민족운동을 하였다. 조선어학회《우리말 사전》 편찬위원이었고, 진단학회로 국사연구에 참여하였다. 조선어학회사건으로 옥사하였다.

대륙을 밟고 반도의 울림은 시작되었다

이육사

태양이 타오르고 초목의 숨소리 시작했을 때
대륙을 밟고 반도의 울림은 시작되었다
모든 섬이 육지를 바라보며 꿈틀거릴 때도
차마 여기에 올라서지 못하고
달뜨기를 기다리며 매달렸으리
끊임없는 파도의 기세를 따라
한 발짝 옮기려 했어도 고요하고 엄숙한
이 땅 위에 발자국 하나 찍지 못했다
강물인지 바다물인지 알지 못하는 족속들이
저희 말로 경배하지 못해
침묵으로 지켜본 삼천리 금수강산
가난한 노래는 씨앗부터 가라
매화향기 가득한 초인의 피리소리 울려
백마는 초원을 뛰놀고
광야를 걸어온 백성의 노래 울려 퍼지리라

이육사 [1904~1944]

광야를 외친 독립운동가로 일제 강점기에 끝까지 민족의 양심을 지키며 죽음으로써 일제에 항거한 시인이다. 《청포도(靑葡萄)》, 《교목(喬木)》 등과 같은 작품들을 통해 목가적이면서도 웅혼한 필치로 민족의 의지를 노래했다.

왜적 무리는 흔적도 없이 몰아내자

오동진

한 사람이 나서서 깃발 흔들면

모두가 나선다

그것이 민중이요 겨레다

투쟁하다가 죽은 동지들의 뒤를 따라

모두 순국한다 해도

민족의 혼은 우리 강산에 영원히 남아

대한의 기개를 간직한다

총소리에 놀라 도망치고

말 탄 적병의 눈을 피해 움츠러들면

나라는 누가 찾고 지키겠는가

용사가 아니라도 좋다

무예를 익히지 않아도 괜찮다

국가를 위한 각오만 있다면

왜적 무리는 흔적 없이 물러나는 것

대한의 동포여 기죽지 말고 일어나라

오동진 [1889~1944]

일제강점기에 활동한 독립운동가. 3·1운동 가담 후 만주로 건너가 광제(廣濟)청년단, 대한청년단연합회 등을 조직하였고 광복군에서 항일운동을 하였다. 1962년 건국훈장 대한민국장이 추서되었다.

민족은 한 핏줄에 같은 피가 흐른다

박차정

나라를 팔아먹은 후인에게 잡혀
묶인 채 끌려가는 남편의 모습을 상상했다면
여자의 몸으로 독립운동에 뛰어들었을까
일본놈들에게 한 번도 잡힌 적 없는 남자가
해방을 맞아 찾은 고향에서
동포의 포승줄에 묶일 것을 누가 알았으랴
민족은 한 핏줄에 같은 피가 흐른다는데
나라가 동강 나면 피도 나뉘는가
남편은 혁명가가 아니다
나라를 되찾으려는 몸부림으로 싸웠을 뿐
산야에 뿌려진 동지들의 피를 옷에 묻히고 다녔다
그 꼴을 보지 않으려 내가 일찍 죽었는가
가슴의 핏줄기 들끓는 우리 동포여
우리는 하나의 민족
한 핏줄로 이어졌다는 것을 잊지 마라

박차정 [1910~1944]

독립운동가로 조선청년동맹과 항일 여성운동 단체인 근우회(槿友會)와 신간회(新幹會) 회원으로 활약하였다. 광주학생운동이 전국적 반일학생운동으로 확대되도록 기여했으며 민족의식 고취와 대동단결을 주도하였다.

오늘밤도 스쳐가는 별이 나의 모습을 그린다

윤동주

죽는 날까지
조국을 찾지 못한 것이 두렵다
부끄러움은 더디 이는 바람에 던지고
창살에 비쳐드는 햇살에
괴로움을 말려 품는다
옆방에서 죽어가는 신음소리 들려
나의 죽음을 재촉하여도
별은 감옥 지붕을 넘어가
동포들 틈으로 흩어지고
어느새 새벽은 찾아와 닭 울음 들려온다
죽어서도 나에게 주어진 길이 있다면
고개 들고 걸어가야지
오늘밤도 스쳐가는 별이 나의 모습을
해방된 조국의 하늘에 그린다

윤동주 [1917~1945]

살아생전에 시집 한 권 못 내고 짧게 살다간 젊은 시인으로, 인간의 삶과 고뇌를 사색하고, 일제의 강압에 고통 받는 조국의 현실을 가슴 아프게 생각한 고민하는 시인이었다. 그의 이러한 사상은 그의 시 속에 반영되어 있다.

적보다 무서운 동지의 배신, 눈 뜨고 잡혔다

한성수

빼앗긴 나라라고 혼이 없을쏘냐
손에 총을 쥐어주고 전선으로 내보낸 것은
나라를 지키는 절호의 기회였다
내가 학도병으로 끌려간 것이 행운이었다
광복군은 지혜를 갖춘 용맹군
천하의 어떤 적군이 대항하리
적보다 무서운 게 동지의 배신, 눈 뜨고 잡혔다
날 찾는 부모에게 광복군 갔다고 전해준 친구도
함께 아리랑을 부르며 훈련받던 동지도
믿을 수 없는 처지가 되어 적군 앞에서 부끄러웠다
참수를 당하여 한양 산을 바라보니
그 꼭대기에 태극기 휘날리고
장안에 아리랑 노랫소리 가득 들려온다
동포여 배반의 등을 보이지 마라
침입자들보다 배신자의 죄가 더 크다

한성수 [1920~1945]

일제강점기 만주에서 활동한 독립운동가이다. 1944년 푸양의 광복군 제3지대에 입대하여 훈련을 받은 후, 상하이에 침투하여 정보공작과 거점확보 등을 담당했다. 밀고자에 의해 체포되어 1945년 순국하였다.

백범 김구의 죽음까지 보고 말았다

김시현

빼앗기는 장면과 찾는 광경을 맛본 나는
천상천하 유아독존 행운아다
발설하지 않으려고 혀를 잘라버린 것이
이렇게 큰 행운을 주었으나
분단의 조국을 보고 말았으니
그 행복이 좌절되고 말았구나
내게 무슨 시련을 주려고 살려 놨는지
김구의 죽음까지 보고 말았다
하늘이 있다면 무너졌으리
이승만에게 구금되어 갇혀 지내다가
4.19혁명으로 풀려나던 날
젊은이들의 핏빛을 또 보고 말았다
나에게 무엇을 더 보란 말이던가
다시는 나라 빼앗기는 짓은 하지 마소

김시현 [1883~1966]

독립운동가로 3·1운동 후 만주에서 의열단에 가입하는 등 여러 활동을 하다가 수차례 체포되고 복역하기도 하였다. 광복 후 귀국해서 정계에 투신하였다. 1952년 이승만을 암살하려다 사형선고를 받았으나 4·19혁명으로 석방되었다.

내가 죽이지 않으면 누가 죽이랴

가네코 후미코

여필종부라
비록 일본 땅에서 태어났으나
대한의 남편을 만나 대한의 여자가 되었으니
이보다 더 큰 영광이 어디 있으랴
일왕은 광기에 물든 천하의 못된 자
하늘 아래 살려둘 가치가 없는 자를
내가 죽이지 않으면 누가 죽이랴
불령회를 만들어 거사에 이르렀으나
안타깝게 실패한 것이 남편에게 부끄러웠다
생사조차 모르다가 해방을 맞아
희망의 조국에 묻힌 나는
이 세상에서 가장 행복한 여자
일본이 지구에서 살아질 때까지
작은 혼백으로 남아 대한민국을 지키리라

가네코 후미코 [1903~1926]

일본의 아나키스트(무정부주의자)로, 독립운동가인 박열 의사의 부인이다. 가네코는 박 의사와 함께 일왕 부자를 암살하기 위해 폭탄을 반입했다는 혐의로 옥고를 치르던 중 1926년 세상을 떠났다. 유해는 경상북도 문경에 있다.

국민의 열광은 하늘을 뚫고도 남았다

홍익범

아무도 보지 못하나
누구든 듣고 살며 피할 수 없는 전파
일제의 간담은 라디오 단파로 쪼그라들었다
반갑거나 슬픈 소식이라도
모두가 새로운 것
태평양 승전 소식에 국민의 열광은
하늘을 뚫고도 남았다
승전보를 보낼 때마다 나의 기쁨은 커지고
동지들의 환호는 넘쳤다
어지러운 세상을 보고 나니 두려운 건 또 무엇인가
혼백으로 떠돌다 만난 전파는 칼날 같고
찢어질 듯한 여운으로 사람의 피를 말리는데
이게 무엇인가
거미줄보다 더 많은 저 가닥들을
누가 만들어 퍼트리는가

홍익범 [1897~1944]

독립운동가로 시카고동지회 회장과 《동아일보》 정치부 기자를 하면서 항일 운동을 전개하였다. 이후에는 경성방송국 편성과 관련된 일을 하면서 해외 방송을 입수해 국내 독립운동가들에게 전달하였다.

내 앞에서 죽어간 동지들이 얼마던가

이화림

나는 대한의 딸

일제와 싸우며 중국을 떠돌았다

만난 우국지사들이 몇이며

내 앞에서 죽어간 동지들이 얼마던가

미나리 타령으로 사람들 모아

내 나라 민요를 가르치며 싸웠는데

어쩌란 말이냐, 나의 조국아

해방을 맞아 동강 나버려

이쪽도 저쪽도 가지 못하는 신세

나라는 그 나라인데 어느 쪽이 내 나라인가

빼앗겼을 때보다 더 억울하지 않은가

공산당은 무엇이고 자유주의는 무엇인가

어떻게 불려도 좋으니 내 나라를 돌려다오

어서 빨리 하나가 되어

중국 땅을 떠도는 나를 불러주오

이화림 [1905~1999]

독립운동가로 미국인 선교사가 운영하는 평양의 유치원 교원학교에서 수학하였다. 평양의 학생들로 조직된 역사문학연구회에서 활동하였으며, 1927년에는 조선공산당에 입당하여 성진·안주 등지에서 학생운동을 전개하였다.

그들의 그림자로 배를 만들어 띄웁니다

한용운

이대로 두면 조국이 떠날까 두렵습니다
일본놈 녹두핏빛으로 얼룩진 강산을
애국지사의 붉은 피로 닦아 아침 햇살 받들어 올린
우리의 조국이었습니다
그 조국은 지금 대통령, 국회의원 병에 걸린 채
승리의 깃발 사방에 꽂아놓고
제 뱃속에서 난 새끼를 용으로 둔갑시켜가며
공약을 지킨다는 무리가 득실거리니 어찌합니까
한번 가지면 영원히 놓치지 않으려고
불멸의 도 닦아 반인반수의 괴물이 되어버리는 나라
한강물도 멈춰 서서
그들의 그림자로 배를 만들어 띄웁니다
아 아 동강 난 국토를 어찌합니까
신탁을 반대하던 무리가 심우장을 돌아 앉히고
삼각산 봉우리에 백색깃발 꽂았습니다

소년티를 벗지 못하여도 달려 나가던 전장은
아이들 놀이터로 변하여 쿵쿵거리고
항구는 텅텅 비어 마약 냄새 풍기고 있습니다
이곳에서 어떻게 살겠냐고 보따리를 싸고 있습니다
차마 떠나지 못할 것이라는 무리와
갈 테면 가라고 손가락질하는 무리가 수군거립니다
상전 눈치만 보며
촛불로 이뤘다고 큰소리치는 저들과
강제로 뺏겼다고 오기만 부리는 저들을
무엇으로 혼내고 바로 잡아줍니까
이제는 혼백으로만 머물러있을 수 없습니다
진정으로 애국하는 지사들이
다시 나라를 일으켜 세울 수 있도록
오늘 밤, 심우장으로 모이십시오
우리의 피로 찾은 나라를 이대로 둘 수 없습니다

한용운 [1879~1944]

독립운동가이자 시인이고 스님이다. 시집 《님의 침묵》을 출판하여 저항문학에 앞장섰고, 불교를 통한 청년운동을 강화하였다. 종래의 무능한 불교를 개혁하고 불교의 현실참여를 주장하였다. 주요 저서로 《조선불교유신론》 등이 있다.